सात बटे नौ की शादी

(कहानी संग्रह)

आरेन्द्र नाथ शर्मा

टू साइन

प्रकाशक : ट्रू साइन पब्लिशिंग हाउस

पता : 21, द्वितीय तल, कुन्दन नगर, बागमुगलिया,

भोपाल, मध्य प्रदेश - 462026 भारत

ईमेल : truesignbooks@gmail.com

वेबसाइट : www.truesign.in

© लेखकाधीन

सात बटे नौ की शादी

(कहानी संग्रह)

लेखक: आरेन्द्र नाथ शर्मा

ISBN: 978-93-5988-154-6

संस्करण: 2024

समर्पण

सर्वप्रथम इस रचना का समर्पण मैं स्व॰ श्री (डॉ॰) आर॰ पी॰ शर्मा सहायक निदेशक (राजभाषा) को करता हूँ जिनकी प्रेरणा से मेरे अंतर उर में रचनाधर्मिता के अंकुर फूटे।

इस अवसर पर मैं अपने स्वर्गीय माता श्रीमती सौभाग्यवती व पिता स्वर्गीय श्री (पं॰) त्रिलोकी नाथ शर्मा का स्मरण करते हुए पुनः इस कृति को इन्हें समर्पित करता हूँ जिनकी आशीर्वाद के बिना इस प्रयास का मूर्तरूप संभव न था।

आरेन्द्र नाथ शर्मा

दो - शब्द

प्रत्येक व्यक्ति की जीवन यात्रा एक लम्बे काल खंड की जीवंत चलचित्र होता है। जहाँ वह कभी प्रत्यक्ष रूप से और कभी परोक्ष रूप से इनसे दो-चार होता है। ये घटनाएं उसके मस्तिष्क पर अमिट छाप छोड़ देती हैं जिन्हें वह चाहकर भी नहीं मिटा पाता। मैंने अपने जीवन में यह अनुभव किया है कि इन घटनाओं में वे घटनाएं पत्थर की लकीर जैसे होती हैं जिन्होंने आपके अंतर्मन को झकझोर कर रख दिया हो और वह चाह कर भी सामान्य तरीके से उन्हें हल न कर सका हो या यूँ कहें कि वे उसके हाथ से वक्त की तरह फिसल कर काल के गाल में समा गई हों।

मेरी समझ से कहानी ऐसे ही उन घटनाओं का काल्पनिक चित्रण होता है जिसे यदि आप सक्षम होते हैं तो उनका निस्तारण स्वयं करते हैं और यदि सक्षम नहीं होते तो सक्षम व्यक्ति या संस्था तक एक संदेश के तौर पर अवश्य प्रेषित करते हैं।

कहानीकार होने के लिए एक संवेदनशील हृदय का धनी होना आवश्यक है। जीवन यात्रा में व्यक्ति कुछ अपने जीवन से जुड़ी घटनाओं से प्रभावित होता है और बहुत कुछ अपने चारों ओर घटित होने वाली उन घटनाओं से प्रभावित होता है जिनसे वह स्वयं अछूता रहता है पर समाज व राष्ट्र पर उसका अमिट प्रभाव पड़ता है। कहानी इन अनुभूतियों का शाब्दिक चित्रण है। संक्षिप्त में कहें तो कहानियां 'कुछ मन की, कुछ जग की' अनुभूति का दस्तावेज होती हैं।

मेरी इन संकलित कहानियों मे मेरे जीवन की ऐसी ही अनुभूतियों का चित्रण है। मेरा परिवेश गाँव से शुरू होकर महानगरीय वातावरण तक रहा, जहाँ किसान के संघर्षपूर्ण जीवन से लेकर

सत्ता के गलियारों में हो रही उठा-पटक तक के अनुभव अंकित हैं। इन्हीं अनुभवों का शाब्दिक चित्रण मेरी कहानियों के माध्यम से आप जैसे सुधी पाठकों के समक्ष प्रस्तुत है।

मुझे आशा है, इन्हें आप अपने करीब पायेंगे।

आरेन्द्र नाथ शर्मा
29/01/2024

अनुक्रमणिका

समर्पण

जुलाई माह की उमस भरी सुबह में रामनाथ बाबू अपने एल.आई.जी. फ्लैट की छोटी-सी बालकनी में चहलकदमी कर रहे हैं। उनका मन रात के अंतर्द्वंद्व से भारी है। पूरी रात अपनी पेंशन को लेकर परेशान रहे। कितने चक्कर लगाने के बाद, उनके अपने ही ऑफिस में, जहाँ उन्होंने ज़िन्दगी के 37 वर्ष बिताए वहीं कोई भी मदद नहीं कर रहा है। इधर महानगर के भौतिकवाद से प्रभावित महंगी जीवन शैली में समय काट पाना मुश्किल हो रहा है। इसी उभेड़बुन में उलझे राम नाथ बाबू का ध्यान भंग करते हुए कान्ता ने आवाज लगाई, "कहां हो, चाय ले आऊं क्या ?"

रामनाथ बाबू ने उबासी लेते हुए कहा, "जरा ठहरो, अभी तक अखबार भी नहीं आया है, बिना अखबार के चाय पीने का मजा नहीं आता है।" इतना कहने के बाद भी वह देर तक बुदबुदाते रहे। तभी बालकनी में अखबार गिरने की आवाज आई। वे तुरन्त बोल पड़े, "कान्ता ज़रा देखना तो, शायद अखबार आ गया।"

कान्ता जो जीवनपर्यन्त रामनाथ बाबू की अनुगामिनी रही तुरन्त अखबार लाते हुए बोली, "अब तो तुम्हारे सुबह का नाश्ता आ गया, चाय ले आऊं।

वह बिना एक पल रुके बोले, "हां, जरा मेरा चश्मा भी लेती आना।" चश्मा और चाय पाते ही रामनाथ बाबू उस अंग्रेजी अखबार की एक-एक लाइन इस तरह से पढ़ने लगे जैसे भूखी बकरी अनाज के दाने को पाकर उस पर टूट पड़ी हो। उधर कान्ता अपने छोटे से किचन में रोज की तरह उलझ गई। संस्कारी परिवार से होने के कारण कान्ता रोज अपने किचन को ऐसे धो-पोंछकर साफ करती जैसे कोई माँ अपने नन्हे शिशु को सम्भालती हो।

उधर रामनाथ बाबू अखबार की एक-एक खबर पढ़ते और कान्ता को पुकारते, "देख कान्ता क्या बुरा समय आ गया है। शालीमार बाग में चोरों ने रात को बूढ़े दम्पति की हत्या कर दी।

वह बेचारी किचन से ही कहती, "अच्छा! राम-राम। सच में, यह शहर तो रहने के लायक नहीं रहा। यहां तो जिन्दगी खो सी गई है। न तो अपनापन है, न अपने लोग। कितना कहा कि रिटायर होने के बाद चलो गाँव चलें, लेकिन आप मेरी सुनें तब न। क्या अच्छे दिन थे गाँव में। सुबह पूर्व के पोखर पर लगे आमों के झुरमुट से आती हुई हवा, पक्षियों के कलरव तथा नन्हे बच्चों के समूह जहाँ सबसे पहले मैंने तुम्हें देखा था, मुझे सब याद है। लगता है तुम्हारी स्मृति से सब धूमिल हो चुका है। चलो न, सावन में गाँव घूम आएं। अपनों के बीच सावन के झूलों का आनन्द मुझे बार-बार याद आता है। मैं तो कज़री व सावन के गीत भी भूल चुकी हूँ।"

रामनाथ बाबू की इच्छा भी है परन्तु दिल्ली से उत्तर प्रदेश के पूर्वांचल में स्थित सोहना गाँव के बीच 800 किलोमीटर की दूरी पार करने के लिए दो जनों के लिए कम से कम दो हजार रुपये चाहिए तथा छोटे बच्चों के लिए कुछ-न-कुछ तो ले जाना ही होगा। यह सब इतना भारी है कि इसके सामने मन को मारना आसान लग रहा है। यही सोच कर रामनाथ बाबू ने कहा, "कान्ता, यदि मेरी पेंशन का एरियर मिल जाता तो तुझे अवश्य घुमा लाता।" इतना कहकर फिर दोनों कामों में लग गए। इधर कान्ता के किचन के बर्तनों की खनक तथा उधर रामनाथ बाबू की खबरों को लेकर बुदबुदाहट जारी रही।

काफी देर अखबार पढ़ने के बाद रामनाथ बाबू की नजर छोटी-सी क्लीपिंग पर ठहर गई। उसे पढ़ते ही वह जोर से चीख उठे, "कान्ता सुना तूने...अपने रघुवंशी साहब की पोस्टिंग अपने दफ्तर में हो गई है।" रामनाथ बाबू की बात सुनते ही कान्ता अपने गीले हाथों को अपने आँचल से पोंछती हुई आई और बोली, "सच, लगता है भगवान ने हमारी सुन ली।" तभी तो उन्होंने उन्हें इस बिगड़े दफ्तर में भेजा है। तुम देख लेना, वे तुम्हारी पेंशन का काम तुरन्त करवा देंगे।" कितने अच्छे आदमी थे रघुवंशी साहब। जितनी छोटी उम्र उतना बड़ा दिल था उनका। प्रत्येक स्टाफ का वे कितना ख्याल रखते थे। आपके दफ्तर में उन-सा नेक अधिकारी और न था। जब कभी मिलते उनके मुंह से निकलता, भाभी जी नमस्ते, कैसी हो, कोई काम हो तो बताना। उनके निश्छल स्वभाव के आगे किसी की एक न चलती। सभी तुरन्त काम करते थे। क्या आपको याद है, उन्होंने जिला आपूर्ति अधिकारी से कहकर कितनी जल्दी हमें गैस कनेक्शन दिला दिया था, मैं तो कभी न भूलूं उन्हें। आप आज ही जाइए और साहब से मिलिए वह तुरन्त काम करवा देंगे।"

इतना सुनते ही रामनाथ बाबू बोल पड़े, "धैर्य रख भाग्यवान, कल ही जाऊंगा दफ्तर। आज जरा रघुवंशी साहब के पी.ए. से पूछ लूं कि वह कल मिलेंगे कि नहीं। बाकी सब हो जाएगा।"

अगली सुबह कान्ता जल्दी-जल्दी काम निपटाकर बेडरूम में गयी तो देखा कि रामनाथ बाबू सोये पड़े हैं। वह उन्हें झकझोरते हुए बोली, "आज सोते ही रहोगे। शायद भूल गये, आज आपको दफ्तर भी जाना है।" हाँ-हाँ, बोलते हुए उठे और पूछने लगे, "कान्ता क्या समय हो गया? आठ बज गये। ओह! बहुत देर हो गई। अच्छा ज़रा जल्दी से चाय बना दो। तब तक मैं फ्रेश हो लेता हूँ।

चाय पीते-पीते बाबू जी बोले, "कान्ता, आज कितने दिनों के बाद नींद आई। मन बड़ा हल्का लग रहा है।" तभी कान्ता ने कहा, "अच्छा अब जल्दी तैयार हो जाओ। नाश्ता तैयार है।" "ठीक है", कहते हुए रामनाथ बाबू तैयार होने लगे।

रामनाथ बाबू दरवाजे को बन्द करते हुए बोले, "आराम से रहना। मैं जल्दी आ जाऊंगा।" कार्यालय द्वार पर बूढ़े चौकीदार ने देखते ही नमस्कार करते हुए पूछा, "बड़े बाबू आज सुबह - सुबह कैसे, अभी तो वह बिगड़ैल डीलिंग असिस्टेंट भी नहीं आया है। लाट साहब तो ग्यारह बजे के बाद ही दिखाई पड़ेंगे।"

"कोई बात नहीं है रामसिंह, मैं तो बड़े साहब से मिलने आया हूँ।" रामनाथ बाबू ने धीरे से कहा।

"अच्छा-अच्छा, रघुवंशी साहब। जरूर मिलो।" चौकीदार बोल पड़ा।

अन्दर पहुँचते ही निदेशक के चैम्बर पर लगे सुन्दर पीतल के अक्षर, 'राजवंश रघुवंशी, निदेशक' को देखते ही रामनाथ बाबू का दिल बल्लियों उछलने लगा। दिल को सम्भालते हुए सीधे पी. ए. के कमरे में पहुँचते हुए रामनाथ जी बोले, "साहब अन्दर हैं।"

"आप कौन?" पी.ए. ने पूछा।

"मैं रामनाथ पांडे, रिटायर्ड हैडक्लर्क" कल आपसे फोन पर समय लिया था।

"अच्छा रामनाथ बाबू आप ही हैं। भाई आपके बारे में साहब ने आते ही जिक्र किया। बड़ी प्रशंसा करते हैं वह। जरा ठहरो में साहब से पूछता हूँ।"

पी.ए. रघुवंशी साहब से पूछकर अन्दर जाने का इशारा करते हुए अपने काम में व्यस्त हो गया।

"नमस्कार, आओ पंडित जी", कहते हुए रघुवंशी साहब तुरन्त सीट से उठकर भव्य कक्ष के सोफे की तरफ आते हुए रामनाथ बाबू को बैठने का इशारा करते हुए बैठ गये। "बड़ा अच्छा लगा आपसे मिलकर। कैसे आना हुआ?"

रामनाथ बाबू ने बड़े सहज भाव से बोलते हुए कहा, "कल अखबार में आपके यहाँ ज्वाइन करने की खबर पढ़कर आज ही मिलने चला आया।"

"बड़ा अच्छा किया। और क्या हाल हैं? भाभी जी कैसी हैं? भाई हम तो उनके बनाये परांठे भूल नहीं पाये हैं। आज भी हमारे घर में जिक्र होता है। बच्चे कैसे हैं?"

रामनाथ बाबू अपने मन के शब्द सुनकर भावुक हो गये और बोले, "सावित्री और पार्वती दोनों की शादी कर दी है। दोनों अपनी अपनी ससुराल में हैं। हम दोनों बूढ़े-बुढ़िया आपके आशीर्वाद से यहीं एक एल.आई.जी. मकान लेकर गुजर- बसर कर रहे हैं।"

थोड़ी देर तक कमरे में सन्नाटा छाया रहा। फिर रघुवंशी साहब ने सन्नाटे को तोड़ते हुए कहा. "और सुनाओ, कैसी कट रही है।"

इतना सुनते ही रामनाथ बाबू के मन में आया कि अपनी सारी पीड़ा दिल खोलकर व्यक्त कर दें। फिर अपने-आपको संभालते हुए धीरे से कहा, "सब ठीक है साहब! आपका परिवार कैसा है साहब?"

"एक दिन बंगले पर आओ। सबसे मिलवाएंगे आपको, मैं तो आपको अपना गुरु मानता हूँ। सरकारी सेवा का पहला कदम मैंने आपके संरक्षण में ही तो बढ़ाया था। कोई शायद ही भूल पाता होगा, अपनी पहली पोस्टिंग की बातें।"

इस तरह बात करते-करते रामनाथ बाबू ने चलने की इजाजत माँगी। फिर अचानक दरवाजे के तरफ जाते-जाते रुक गये। फिर लौटते हुए बोले, "साहब आज कहना तो नहीं था लेकिन..."

"बोलो-बोलो क्या बात है?" रघुवंशी साहब ने कहा।

"साहब मेरा पेंशन अब तक रिवाइज नहीं हो पाया है।"

"अच्छा! मैं देख लूंगा। आप अगले हफ्ते मुझे फोन कर लेना।"

नमस्ते करते हुए रामनाथ बाबू बाहर आये। बाहर आने पर वह संतुष्ट दिखाई पड़ रहे थे। मुख्यद्वार पर निकलते समय डीलिंग असिस्टेंट मिला। वह बड़ी कातर आँखों से उन्हें घूर रहा था पर रामनाथ बाबू शांति के साथ बाहर निकल गये।

एक सप्ताह बाद रघुवंशी साहब की टेलीफोन की घंटी बजी। "साहब रामनाथ बाबू आपसे बात करना चाहते हैं।" पी.ए. ने कहा।

"अच्छा" कहते हुए फोन उठाया और बोले, "कैसे याद किया पांडे जी?"

दूसरी तरफ से आवाज आयी, "साहब मेरी पेंशन का कुछ पता लगाया आपने?"

"हां-हां परंतु अभी काम नहीं हो पाया है। कल रविवार है। घर आ जाओ वहीं बात करेंगे।" कहते हुए रघुवंशी साहब ने फोन रख दिया।

दूसरे दिन रामनाथ बाबू सरकारी बंगले पर पहुँचे। उन्हें देखते ही शालू ने कहा, "पापा कोई दादा जी आए हैं।"

"अच्छा पंडित जी। आओ बैठो और क्या हाल है आपके। मैं जरा जल्दी में हूँ कहीं दौरे पर जाना है। आपके केस के बारे में पता लगाया मैंने, आपकी फाइल और सर्विसबुक नहीं मिल पा रही है, इसके बिना पेंशन रिवाइज नहीं हो पा रही। आपके रिटायरमेंट के समय मैं इसी कार्यालय में था। आपकी सर्विस बुक की रजिस्टर में एंट्री भी है लेकिन इस समय मिल नहीं पा रही है। लगता है डीलिंग असिस्टेंट की शरारत है। बड़ा बिगड़ा आदमी है। सुनते हैं किसी मंत्री का भतीजा है। उसी ने इसकी नौकरी लगवाई है। किसी की परवाह नहीं करते हैं ऐसे सिफारशी लोग। आपको बुरा तो लगेगा पांडे जी, लेकिन इसके अलावा कोई रास्ता नहीं है। कुत्ते के आगे कुछ हड्डी डाल दो। कागज भी मिल जाएगा और काम भी हो जाएगा।"

इतना सुनते ही रामनाथ बाबू हड़बड़ा कर बोले. "साहब आप यह क्या कह रहे हैं, आप भी..."

"पांडे जी फिर बताऊंगा। आजकल का समय बड़ा गंदा हो गया है। मैं चलता हूँ, आप खाना खाकर जाना।" यह कहते हुए रघुवंशी साहब बाहर चले गये।

उनके जाने के साथ ही मिसेज रघुवंशी ड्राइंग रूम में आ गयी थीं। उन्हें रोकते हुए कहा, "साहब ने आपके बारे में मुझे सब कुछ बता दिया है। अभी जो साहब ने कहा, वह भी मैं सुन चुकी हूँ। उनके मन की पीड़ा आप नहीं जानते। आपका तो यह मात्र एक काम फंसा है। यह तो रोज ऐसे धंधों से निपटते हैं। मैंने इन्हें एक निश्छल तर्रार अधिकारी से लेकर आज जैसे एडजेस्टेबल नेचर वाले अधिकारी के रूप में देखा है। सच्चाई तथा कर्तव्यनिष्ठा के कारण जितना इन्होंने कष्ट भोगा है, शायद किसी ने न भोगा होगा। आज सरकारी ऑफिसर की हालत बत्तीस दांतों के बीच फंसी जीभ की तरह है जरा-सी चूक हुई नहीं, लहू-लुहान हो गयी। इस

पन्द्रह साल की नौकरी में दस ट्रांसफर हुए हैं। अब बच्चे बड़े हो गये हैं। उनकी पढ़ाई आदि में विघ्न पड़ता है। अत: ठोस कदम उठा कर अनुशासन बनाना महंगा सौदा है। रात-दिन कष्ट सहकर किसी तरह कार्यालय में अनुशासन कायम करो तो राजनीतिक सांठ-गांठ से बिगड़े लोग सजा मुक्त करवाकर वापिस लगा दिए जाते हैं। आपको क्या मालूम होगा कि कई जगहों पर बिगड़े स्टाफ ने हमारे बच्चों को अगवा करने की धमकी दे दी तथा हमें बच्चों सहित मायके जाना पड़ा। महानिदेशालय का कोई सपोर्ट नहीं है। यदि वह सपोर्ट करे तो समस्या इतनी विकराल न हो। जो डीलिंग असिस्टेंट पेंशन का काम देखता है, बिना सेवा शुल्क लिए किसी का काम नहीं करता। सब जानते हैं पर उसका अब तक कोई कुछ बिगाड़ न सका। दो बार सस्पेंड होते हुए भी चार्जशीट देने से पहले हेडक्वार्टर उसके सस्पेंशन को खारिज कर चुका है। आपको आश्चर्य होगा कि मैं यह सब कैसे जानती हूँ। आजकल एक बड़े अधिकारी की पत्नी पर इस तरह की जिम्मेदारी निभाने की मजबूरी है। आखिरकार हमें भी पिसना पड़ता है साहब की नौकरी के साथ। मैं जानती हूँ आपने जीवनपर्यंत कभी ऐसा नहीं किया होगा, लेकिन इसके अलावा कोई आसान रास्ता नहीं है। आज जीवन की राह आदर्श के समर्पण से ही सहज है।"

यह सब सुनकर रामनाथ बाबू का मन विचलित हो उठा। मन की पीड़ा लिए घर पहुँचते ही तुरंत निढाल होकर सो गए। अगले दिन सीधे 12 बजे कार्यालय पहुँचे। आधुनिक सरकारी सेवक पहुँच गए थे। उन्हें रामनाथ बाबू ने हाथ जोड़कर नमस्ते किया तथा बोले, "मैं बूढ़ा व्यक्ति थक चुका हूँ, मैं तेरे आगे अपने आदर्शों का समर्पण करता हूँ। आज तक न तो मैंने एक पैसा किसी से लिया और न ही दिया, आज 30 चक्कर हो गए हैं। जो कहे वह तेरी सेवा में भेंट करूं।" यह कहते हुए उस कलियुगी पुरुष के चरण छूने लगे।

उनकी बेबाक तथा निष्कपट अभिव्यक्ति को देख उस निष्ठुर का दिल पसीज गया। उसने झट से उन्हें ऊपर उठाया तथा बोला, "आप यह क्या कर रहे हैं? आप मुझे माफ करें। मैं आपका काम कर घर ले आऊंगा। आप कष्ट मत कीजियेगा!"

एक सप्ताह के बाद भंडारी (डीलिंग असिस्टेंट) की सरकारी गाड़ी एम्बेसडर रामनाथ बाबू के घर पर खड़ी थी। उसका मन पिछले एक हफ्ते में काफी बदल चुका था। अत: उसे डर बिल्कुल न था। वह एल.आई.जी. फ्लैट की सीढ़ियाँ चढ़ता गया और रामनाथ बाबू की कॉलबेल दबा दी।

कान्ता बाहर आई और बोली, "बेटा आप कौन?" इतना सुनते ही उसने कान्ता के चरणों को छू लिया।

वह बरबस बोल उठी, "अन्दर आओ बेटे।"

"आप!", रामनाथ बाबू के इतना कहते ही डीलिंग असिस्टेंट ने तपाक से कहा, "हां, यह लीजिए अपना चैक। आपको मेरे कारण बहुत कष्ट उठाना पड़ा, माफ कीजिएगा।" दूसरे दिन रामनाथ बाबू द्वारा सब कुछ बताने पर रघुवंशी साहब ने भंडारी को अपने कक्ष में बुलाकर सीने से लगाते हुए कहा, "बेटे तुम्हारा समर्पण मुझे अच्छा लगा, भगवान तुम्हें सच्चे रास्ते पर चलने की शक्ति दें।"

मौकापरस्त

अजी मियाँ, आजकल दिख नहीं रहे हो, क्या बात है? घर में सब ठीक-ठाक है ना!

हाँ मुंशी जी घर पर तो सब अल्लाह के फजल से ठीक है, पर आजकल सरकारी नौकरी करना, वह भी सेक्शन ऑफिसर या ब्रांच ऑफिसर के लिए और बहुत मुश्किल हो गया है। रोज कुछ न कुछ काम घर पर लाना पड़ता है, बस उसी में लगा रहता हूँ।

क्यूँ ऑफिस में मातहतों का अकाल पड़ गया है क्या? या सब-के-सब एलटीसी पर चले गये हैं?

नहीं यार। यह संभावना तो तब है जब कोई हो, आजकल तो चारों तरफ कौवे बोलते हैं। सारे सेक्शनों में स्टाफ का अकाल पड़ा है। रहा-सहा खेल सीसीएल ने बिगाड़ दिया है। आपको तो पता ही है कि सरकारी कामकाज का 50 प्रतिशत से भी ज्यादा कार्य जनवरी से मार्च के बीच होता है। चाहे वह फंड की बुकिंग हो, डी.पी.सी करानी हो या कोई और रिपोर्ट या पार्लियामेंट क्यूशन के कार्य। इसी बीच में बोर्ड की परीक्षाएं। पिछले काफी वर्षों से सरकार खाली पदों को नहीं भर रही है। मुंशी जी, आपको क्या बताऊँ, वही पुराने मनहूसियत भरे चेहरे, न कोई उमंग न उत्साह। ऐसा लगता है, सब अपने जाने के बारी का इंतजार कर रहे हैं। भाई जैसे घर नवजात शिशु की किलकारियों से खुशहाल हो जाता है, वैसे ही नये स्टाफ के ज्वाइन करने से सेक्शनों में आबोहवा बदलती थी, पर आजकल तो बड़ा बुरा हाल है।

मेरी छोड़ो मुंशीजी, आपकी रिटायरमेन्ट लाइफ कैसी चल रही है? अभी भाभी के रिटायरमेन्ट में कितने साल बाकी हैं?

यही कोई पांच साल हैं। यार मैं तो घर पर बोर हो जाता हूँ, सारे बच्चे बाहर हैं। वह ऑफिस चली जाती है। शाम को इतनी सारी फाइलों के साथ थकी-माँदी लौटती है। मैं समझ नहीं पा रहा था किंतु समस्या पर आपकी भड़ास ने आज सब कुछ साफ कर दिया। शायद उनके यहाँ भी स्टाफ की कमी है। कुछ समय आपके साथ सुबह-शाम सैर करने में गुजरता था पर मियां जी आपकी व्यस्तता से वह भी नहीं हो पा रहा है, चलो कोई बात नहीं।

अरोड़ा जी आप!

नमस्ते अरोड़ा जी, बड़े दिनों में दिखे। कहीं बाहर चले गये थे क्या? इतना तो नौकरी में भी व्यस्त न थे। कहाँ रहते हो आजकल?

क्या बतायें मियां जी, अपने पुराने ऑफिस में ऐज ए कंसलटेंट ज्वाइन कर लिया है मैंने।

ये कंसलटेंट क्या बला है यार, मैंने पहले तो कभी नहीं सुना था।

आपको नहीं पता, आजकल इसका बहुत चलन है, विभागों में स्टाफ की कमी को हल करने का नायाब तरीका है यह।

अबे, अरोड़ा, मुंशी जी को भी कहीं कंसलटेंट लगवा दो, घर में ये बैठे-बैठे बोर होते रहते हैं। क्या इसकी वेकेंसी आदि निकलती है?

अरे नहीं यार, बस थोड़ी सांठ-गांठ होनी चाहिए। उस डिपार्टमेन्ट में आपका सीनियर लेवल पर कोई शुभचिंतक होना चाहिए। हमें तो यार बड़ा मजा आ रहा है।

हाँ, आपके चेहरे को देखकर तो लगता है फिर से जवाँ हो रहे हो।

न किसी की धौंस न कोई बन्धन, बस जो कुछ बॉस बता दे, कर दो। वैसे बड़े पदों पर बॉस को आजकल फुरसत कहाँ, जो पीछे लगकर काम करा सके।

तो अरोड़ा जी, क्या मैं भी अपने सेक्शन में कंसलटेंट रख सकता हूँ?

क्यों नहीं! सरकार द्वारा जारी सर्कुलर है इस बाबत। उन्हीं का हवाला देकर फाइल चला दो। आजकल तो कहीं- कहीं जरूरत भी नहीं है, फिर भी सीनियर ऑफिसर अपने लोगों को कंसलटेंट के नाम पर रखे हुए हैं। तुम्हें ध्यान होगा वह गुप्ता, जो बड़ा चालू था यार। कभी अपने काम नहीं करता, बॉस के इर्द-गिर्द मंडराता रहता था। उसे भी कंसलटेंट रख लिया गया है सेक्शन में।

पर ऐसे लोग कैसे रख लिए जाते हैं जो जिन्दगी भर काम नहीं किये, ये तो कंसलटेंट शब्द को गाली देने के बराबर है।

मियां बस रहने दे और मत बोल, इसी को कहते हैं मौका परस्ती। खुद मौज करो, अपने चमचों को मौज कराओ, बाकी सब जाए भाड़ में। मियां, मेरे पास तो ऐसी खबर है कि तुम्हें कभी विश्वास नहीं होगा, लोग 40 हजार हर महीने ले जाते हैं, पर उनके काम 4 हजार के भी नहीं। पर ऐसी स्थिति सीनियर लेवल कंसलटेंट पर ज्यादा हैं जहाँ हाथ से कुछ करना नहीं होता, फाइल पर वे डिसीजन या नोटिंग कर नहीं सकते। कभी-कभार कोई आर.टी.आई या रिपोर्ट आदि को पढ़कर जिस्ट बनाना हुआ तो ठीक, नहीं तो बॉस के साथ चाय पियो और सरकार को चूना लगाओ बस !

पर यार जान-पहचान के बॉस के जाते ही छुट्टी हो जाती होगी।

नहीं यार, कौन बुराई ले। कई तो सालों से कंसलटेंट का काम कर रहे हैं। कोई नहीं निकालता। कौन-सा उन्हें अपनी जेब से पैसे देने हैं।

यह तो बड़े मजे की बात है।

अच्छा अरोड़ा जी, बहुत-बहुत शुक्रिया, मैं चलता हूँ। खुदा हाफ़िज।

नमस्ते मियां जी।

मुंशी जी और बताओ, सब ठीक है ? वैसे तो सब ठीक है पर थोड़ा बोरियत रहती है। अकेले घर में रहो। तुम्हें तो पता है मैंने कभी कोई आदत नहीं पाली। सिर्फ ईमानदारी से अपना काम करना, समय से घर आ जाना। क्या मुझे भी कहीं कंसलटेंसी मिल सकती है ? वैसे तेरे स्वभाव से सब परिचित हैं। मुंशी तुझे कंसलटेंसी मिलना मुश्किल तो है, तू ठहरा खरा बंदा। आजकल मौकापरस्त लोगों की बाढ़ है। उन्हें तो यसमैन चाहिए। गलत चीजों को सही साबित करने वाले, तिल का ताड़ बनाने वाले, गोलमाल में माहिर व्यक्तियों की तलाश है जिससे मौकापरस्त ऑफिसर्स दफ्तरों में सरकारी नीतियों से आयी समस्याओं को बिना किसी रिस्क के, अपने फायदे में बदल सकें। फिर भी मैं देखता हूँ तू कहाँ फिट हो सकता है ?

अच्छा अरोड़ा जी राम-राम, मैं भी निकलता हूँ !

राम-राम मुंशी जी।

बेटियों वाला किसान

26 जनवरी 2021 का दिन, दिल्ली की ठंड भरी सुबह, पर बॉर्डरों पर ठंड का कोई असर नहीं दिख रहा था। इन बॉर्डरों में गाजीपुर बार्डर, सिंधू बॉर्डर और टोकरी बॉर्डर पर कुछ ऐसा होने जा रहा था जो इतिहास में कभी नहीं हुआ। छह महीने से ज्यादा दिनों से ये बॉर्डर हजारों किसानों की छावनी में तब्दील हो चुका था। किसान केन्द्र सरकार द्वारा पारित तीन कृषि कानूनों का विरोध कर रहे थे। उनकी माँग थी कि इन्हें निरस्त किया जाये परन्तु सरकार अलग-अलग तरीकों से इन कानूनों को जस्टीफाई कर रही थी। पर किसान कानूनों के निरस्तीकरण के अतिरिक्त किसी बात पर राजी न हो रहे थे। विरोध पर विरोध और प्रदर्शन चल रहा था।

आज किसान गणतंत्र दिवस को अपने तरह से मनाने पर अड़े हुए थे। उनका तरीका कुछ भी हो, पर वे अपनी ताकत दिखाना चाहते थे। देश के हर कोने से किसान इस प्रदर्शन में शामिल होना चाह रहा था। इन किसानों में पश्चिमी उत्तर प्रदेश, हरियाणा और पंजाब के किसान प्रमुख थे। वर्तमान समय में किसान का हाथ-पांव उनका ट्रैक्टर और ट्राली है। इन्हीं ट्रालियों को अलग - 2 तरह से सजाया गया था और उस पर बैठ हरे रंग के साफे-पगड़ियों वाला किसान राज पथ पर हो रही परेड को टक्कर दे रहा था। इन्हीं किसानों में कुछ किसान श्रावस्ती (पूर्वी उत्तर प्रदेश) से भी थे और इनका नेता चौधरी राम नारायण था जो एक लघु सीमाँत किसान था। ये चौधरी नेपाल तराई से लगे चौधरी डीह गाँव से थे। इनके साथ इनकी चारों बेटियां भी आंदोलन में भाग लेने आई थीं। आखिर क्यों न आयें। भारत में किसान होने के दंश, ये बखूबी झेल रही थीं। ये दंश पिछले साल से कुछ ज्यादा बढ़ गया जब से खेतों में छुट्टा जानवरों का प्रकोप बढ़ गया है।

राम नारायण की इन बेटियों में शेफाली बहराइच से पोस्ट ग्रेजुएट, दुर्गा भिनगा से ग्रेजुएशन, राधिका 12 वीं तथा रजनी 9 वीं में पास के स्कूलों में पढ़ रही थीं। चार-चार बेटियों की पढ़ाई का खर्च, ऊपर से बड़ी बेटी शेफाली के शादी-विवाह की चिंता नारायण चौधरी को कभी भी नहीं भूलती थी। वैसे बहुत-पहले इनके गाँव तक घने जंगल का फैलाव था। पर धीरे-धीरे जंगल खत्म हो गये और उनकी जगह खेती की जाने लगी। चौधरी परिवार में उनकी पत्नी के अतिरिक्त उनकी बूढ़ी माँ थीं जिनकी उम्र 90 वर्ष से भी ज्यादा है। वह एक बड़े काल खंड की साक्षी हैं।

पिछले तीन साल में छुट्टा जानवरों का उत्पात नारायण चौधरी को उनके बचपन की याद दिलाते थे जब वह जंगली पशुओं से अपनी खेती को बचाने के लिए रात-रात अपने पिताजी की मदद किया करते थे। उन जंगली जानवरों से खेत की रक्षा करना आसान था क्योंकि वे गौ वंश नहीं थे। कुछ लोग इनका शिकार भी कर लेते थे। पर आज इन बछड़ों और सांडों ने नाक में दम कर रखा है। यदि गलती से भी किसी को लट्टु लग जाए तो गौ हत्या का पाप भोगने का डर हमेशा लगा रहता है।

नारायण चौधरी खेती का सारा काम खुद करते। ज्यादा आमदनी न होने के कारण मजदूर रखना दूर की कौड़ी थी। कभी कभार दिन भर के काम से पस्त चौधरी को नींद आ जाती तो शेफाली रात-रात उन छुट्टे जानवरों को खेत से भगाने जाती। जवान बेटी का काली रात में बाहर जाना, माँ पर कितना भारी पड़ता था, वही जानती थी। बंद कमरों में सरकारी कानूनों का ड्राफ्ट बनाने वाले बाबू नहीं।

जब से कोरोना काल चला है ये बेटियां अपने पिता के दुख-दर्द में करीब से शामिल हो गयी हैं। अब तो शेफाली और दुर्गा नारायण चौधरी से अक्सर कहती हैं, पापा आप आराम करो हम खेत में जाकर हो आते हैं। जैसे-जैसे बेटियां खेती की पेचीदगी समझती जाती हैं, दिल्ली के बॉर्डर पर चलने वाला आंदोलन उन्हें समय की माँग लगती है। इसीलिए नारायण चौधरी के साथ आंदोलन में शरीक होने दिल्ली आयी हैं और गाजीपुर बॉर्डर के कैंप में ठहरी अन्य महिला किसानों के बीच हैं।

वैसे वह पिछले 15 दिनों से कैंप में भी और हर दिन चलने वाली विचार गोष्ठी में भाग लेती थीं। 24 जनवरी 2021 को उसे गोष्ठी में अपने विचार रखने थे। दुर्गा के अंदर किसानों की समस्याओं का जीवंत दर्द था इसी कारण जब वह स्टेज पर पहुँची, उसमें गज़ब का कॉन्फिडेंस था। वह माइक को चेक करते हुए बोली...

आदरणीय माताओं और प्रिय बहनों,

मैं, जो आप सबमें सबसे छोटी हूँ, आप सब को प्रणाम करती हूँ और आपके जज़्बे को सलाम करती हूँ। मेरे पिता एक छोटे किसान हैं। मेरा गाँव श्रावस्ती जिले के पिछड़े इलाके में पड़ता है। नेपाल की तराई होने के कारण सिंचाई के साधन का अभाव रहता है। गेहूँ व धान पैदा करना, मेरे गाँव में कितना मुश्किल है, वह शायद ही पश्चिमी उत्तरप्रदेश के लोग, जहाँ नहरों का जाल है, बोरिंग आसानी से हो जाती है, समझ सकते हैं। पश्चिमी उत्तरप्रदेश में बिजली की अच्छी व्यवस्था है, सड़कों का जाल है, हमारे गाँव में आज भी इनका अभाव है। इस पर भी अपने परिवार को पालने के लिए हमारे पापा जैसे हजारों किसान जी-तोड़ मेहनत करते हैं। प्रकृति साथ दे दे तो हमारी पैदावार अच्छी हो जाती है परन्तु जब हम उस पैदावार को बेचते हैं तो पैदा करने से ज्यादा दु:ख झेलना पड़ता है। हमारे खर्चे जितना मुँह बाये सामने होते हैं, साहूकार की मुट्ठी उतनी भिची होती है। बदलते हालात के कारण बैलगाड़ी व बैल इतिहास के विषय हो चुके हैं। छोटे किसान होने के कारण पैदावार इतनी नहीं होती कि उसे शहर की मंडियों तक ले जाया जा सके। मेरे जिले में तो ढंग की मंडी तक नहीं है। गाँव की सोसायटी में गेहूँ व धान की खरीद होती है पर उसका कोई ठिकाना नहीं होता। मजबूरीवश अपने उत्पाद MSP के तीन चौथाई से भी कम पर बेचने पड़ते हैं। यदि MSP की गारंटी हो और हर संस्था चाहे सरकारी या प्राइवेट, साहूकार हो या मिल मालिक, हमें उचित मूल्य देने के लिए बाध्य हो तो हमारी माली हालात सुधर सकती है।

खुले बाजार का बिना किसी Price capping/control के आना, हमारी स्थिति को और बदतर बना सकता है। सरकार कहती है हम अपना उत्पाद कहीं भी, कभी भी बेच सकते हैं तो हमें हँसी आती है। मेरे जैसा छोटा किसान जो अपना उत्पाद नजदीक मंडी तक नहीं ले जा सकता है, वह बड़े शहरों की बड़ी मंडियों तक कैसे ले जा सकेगा।

बहनों इसी समस्या के कारण मेरे गाँव में गेहूँ व धान आदि कम अवधि की खेती की जगह किसान गन्ना बोने लगा है। हालांकि गन्ने की खेती कैश क्राप है पर उसके साइड इफेक्ट हैं जो हमारे लिए नई समस्या लेकर आया है। बहनों आपको शायद ही विश्वास हो कि हम किसान होते हुए भी अपने खेत के मटर व हरे चने व सरसों के साग वर्षों से भूल चुके हैं। क्योंकि गन्ने के कारण नीलगाय, खरगोश आदि जानवर बढ़ गये हैं। वे हमारी नर्म फसलों को उगते ही चट कर जाते हैं। पिछले तीन साल से छुट्टा जानवरों का प्रकोप इस समस्या को कई गुना बढ़ा चुका है सरकार किसानों की मूलभूत समस्याओं को समझे बगैर तरह-तरह के लोक लुभावन वादे

करती है, पैसे बांटती है परन्तु जो करना है वह नहीं करती है। कृषि कानूनों जैसे कानून पास कर समस्या का अंत करने की डींग मारती है।

पिछले कई सालों से नारा दिया जा रहा है कि किसानों की आय दुगनी की जायेगी। वर्तमान स्वरूप व व्यवस्था में यह सबके लिए संभव नहीं हो पायेगा। हो सकता है बहुत बड़े किसान जो हमारे प्रदेश में हैं नहीं, अपनी आय बढ़ा सकें। हमें तो संघर्ष व गरीबी में ही जीवन यापन करना पड़ेगा, यदि हमारी मौलिक समस्याओं पर ध्यान दिये बिना कुछ भी किया जाता है।

बहनों आप सभी किसान हैं और आप में शायद ही कोई ऐसा होगा जो अपने काम पुराने तौर-तरीके से कर रहा हो। कहने का मतलब है कि हमारी खेती पूरी तरह Mechanised हो गयी है। जिसमें बैलों व परिवार के सदस्यों की जगह ट्रैक्टर, पम्पिंग सेट, थ्रेसर आदि मशीनों ने ले लिया है। जो, गेहूँ की कटाई अप्रैल से जून (3 महीने) तक चलती थी। वह तीन दिन में हो जाती है। यह सहूलियत मुफ्त में नहीं है। इसकी कीमत डीजल, बिजली और EMI के रूप में देनी पड़ती है जबकि पुरानी व्यवस्था में अपनी व अपने बैलों की मेहनत से बिना किसी अतिरिक्त कीमत अदा किये कार्य थोड़ी-बहुत दिक्कतों के साथ-सम्पन्न हो जाते थे। आज किसान अपने 2 महीने 27 दिन बचा लेता है पर उसके पास बचे समय का सदुपयोग करने का कोई जरिया उपलब्ध नहीं है। हमारी दादी बताती है कि गांधी बाबा के काल में गाँव-गाँव में चरखे चलाने का काम होता था। खाली समय में लोग गीत गाते चरखे चलाकर अपने लिए साइड में आय स्रोत बना कर रखते थे। खेती से सम्बन्धित उपकरण गाँव में बनते थे। किसान कुछ ही वस्तुओं को खरीदता था।

सरकार मूल समस्या को बिना समझे तरह-तरह के कानून लाने का प्रयत्न करती है। इन कानूनों से बड़े व्यापारिक घराने ही फायदे में होंगे। किसान बद से बदतर होता जायेगा। आज ITC, TATA, Reliance, Patanjali, Fortun जैसे Business Houses आटा, चावल, बेसन, तेल, सब्जी, अचार जैसे सामानों को बेचकर अपनी जेबें भर रहे हैं, जबकि सरकार इनके Finish product के रेट पर कोई अंकुश नहीं रख रही है।18-20 रुपये प्रति किलो का गेहूँ लेकर 36 से 40 रूपये प्रति किलो में आटे को बेचते हैं। 50 रुपये प्रति किलो का सरसों लेकर 200 रुपये प्रति लीटर सरसों का तेल बेचा जा रहा है। आजकल इस तरह की महँगाई से हम जैसे किसान भी ग्रसित हैं और रो भी नहीं पा रहे हैं। इन सभी उत्पादों में मिलावट के अतिरिक्त कोई जटिल प्रक्रिया नहीं है। सरकार को बहुतायत में होने व खाये जाने वाले समस्त उत्पादों और इनके फाइनल उत्पादों के रेट फिक्स करने का कानून बनाना चाहिए जिसमें MSP का गारंटी

कानून जो हमारी माँग है, भी आता है। इन रेटों को हर साल बजट में घोषित करना चाहिए। तब जाकर किसानों को उचित मूल्य मिल पायेगा। जहाँ तक फलों व सब्जियों के उपज लेने की बात है उसके लिए पूर्व निर्धारित मात्रा में पानी की उपलब्धता आदि को देखते हुए उन्हें उपजाने के कानून बनाना चाहिए। बिना डिमाँड के सब्जी उपजाना भी किसानों के लिए आत्मघाती साबित होता है। सरकार का इतना बड़ा कृषि मंत्रालय है परन्तु ऐसा लगता है यह पूरी तरह Defunct है और मात्र आंकड़े बाजी का केन्द्र बन कर रह गया है।

हरित क्रांति के दौरान जो व्यवस्था पहले की सरकारों ने खड़ी की थी, वह ध्वस्त हो चुकी है। गाँव का कोई किसान विकास खंड में कौन ADO है बता दे तो आश्चर्य की बात होगी जबकि पहले हर गाँव में ADO का जाना एक Routine Matters था। आजकल गाँव व कृषि से सम्बन्धित अफसर अपने कमरे में ही कुर्सी तोड़ते हुए अफसरी दिखाते हैं। किसानों के प्रति किसी की कोई Responsibility नहीं दिखाई पड़ती है।

सरकार को सब्जी, फल जैसे कृषि उत्पाद के निर्यात करने की संभावनाएं तलाशना चाहिए। उसी अनुसार व्यवस्था करके किसानों को शिक्षित व सूचित करना चाहिए। बड़े Business House सब्जी और अनाज के Export में कुछ करें तो यह कृषि उत्पादन और व्यवसाय को सुदृढ़ करने में सहायक होंगे।

मेरी माँ कहती है कि हम सबको प्राइमरी व जूनियर स्कूलों में खेती, बागवानी पढ़ाई व सिखाई जाती थी। जूनियर कक्षाओं में तीन साल कृषि विज्ञान पढ़ाया जाता था। आज उ. प्र. में यह विषय ही पाठ्यक्रम से हटा दिया गया है। विकास जैसे शब्दों को बार- 2 बोलने से विकास नहीं होगा। उसके लिए मूलभूत समस्याओं का अध्ययन करना या कराना होगा और फिर किसान नेताओं के साथ विचार विमर्श कर इन 65%, नागरिकों के आर्थिक व सामाजिक उत्थान के लिए कार्य करना चाहिए होगा।

हम सबके बीच माताएं भी हैं, आज वे अपने बच्चों से खेती के कार्य कराने में शर्म करती हैं या परहेज करती हैं। इसका परिणाम अच्छा नहीं हो रहा है। बच्चे पशुपालन, बागवानी, मधुमक्खी पालन आदि जो मूल खेती का साइड Business है, से अनभिज्ञ होते जा रहे हैं। कृषि कार्य, इसे करके ही सीखा जा सकता है। किताबी ज्ञान मात्र पथ-प्रदर्शन के लिए होते हैं। इसलिए गाँव का आर्थिक ढांचा जो पहले सुदृढ़ था, अब बिखर रहा है। पहले 5 वर्ष के बच्चे से लेकर 80 वर्ष के वृद्ध अपनी-अपनी भागीदारी से कृषि में सहयोग देते थे और परिवार पर भार नहीं बनते थे पर आज अधिकांश किसान परिवार में वही स्थिति है जो शहरी नौकरी-धंधे पेशा

नागरिक के घर में है। खेती परिवार के एक ही व्यक्ति की जिम्मेदारी बनती जा रही है। इससे हमारा भला नहीं होगा।

सरकार को समग्र रूप में नये-नये कृषि शोध कराने होंगे। इन शोधों को, Experimental रूप में कुछ सीमित ऐसे क्षेत्र में, Test कराना चाहिए जहाँ हर तरह के छोटे-बड़े किसानों हों। यहाँ के सफल प्रयोग के बाद ही इसे अन्य क्षेत्रों में किसानों के बीच प्रचारित व लागू करना चाहिए।

सरकार से हम माँग करते हैं कि इन तीनों कानूनों को वापस ले। किसानों की समस्या, किसानों की मदद व सहभागिता से हल करे। बड़े बिजनेस घरानों को कृषि उत्पाद based domestic Business से हटाकर कमिश्नरी लेबल पर छोटे व मझोले उद्योगों द्वारा आगे बढ़ाये। सरकार इसके लिए जो करना है वह करें। गाँव में कृषि कार्य के अतिरिक्त अन्य उद्योग धन्धे उपलब्ध करावे जिससे किसान व उसका परिवार अपने खाली समय का उपयोग कर अतिरिक्त आमदनी अर्जित कर सके। तभी सही मायने में उनकी आय बढ़ेगी।

गाँव में चल रही सरकारी स्कूल व्यवस्था का पूरी तरह से इस बात को ध्यान में रख कर, study करावे कि इन स्कूलों का एक अच्छी स्तरीय शिक्षा में कितना योगदान है। इन स्कूलों में पर्याप्त Result Oriented सुधार के बाद ही आगे बढ़ाये अन्यथा इन्हें बंद कर दें। गाँवों में अच्छे शिक्षक और सुदृढ़ मुफ्त शिक्षा व्यवस्था के अभाव में पिछले 30 वर्षों में जो नुकसान हुआ है उसकी भरपाई करना मुश्किल है। आज भारत के नागरिकों को साक्षर नहीं बल्कि उन्हें विधिवत शिक्षित बनाने का समय है पर ऐसा प्रतीत होता है कि सरकार ने अब भी अपने आप को साक्षरता अभियान में व्यस्त कर रखा है। इससे सबसे ज्यादा नुकसान किसानों का हो रहा है। गाँव में शिक्षा व्यवस्था सुधारने के लिए कानून चाहिए न कि काले कानूनों का सिलसिला।

आप सब को तन्मयता से हमें सुनने के लिए धन्यवाद। जय हिन्द।

सारा कक्ष तालियों से गूंज उठा। नारायण चौधरी ने दुर्गा को शाबाशी देते हुए गले लगा लिया। सभी ग्रामीण दुर्गा की समझ को सराह रहे थे पर क्या सरकार दुर्गा के इस वेदना को समझ पायेगी ? जिस दिन ऐसा होगा भारत का आत्मनिर्भर बनने के तरफ पहला कदम बढ़ेगा नहीं तो आंकड़े और वादे कोरे के कोरे ही साबित होंगे क्योंकि इनका लाभ आम जनता में परिलक्षित नहीं होगा। भारत की आत्मा गाँवों में बसती है। बिना गाँवों को विकसित किये, भारतवर्ष को विकसित राष्ट्र बनाने का उद्घोष, सियासी जुमला ही साबित होगा।

मकड़जाल

पीतमपुरा के सीडी ब्लॉक के हरे-भरे पार्क में खेलते हुए बच्चों के साथ उनके माँ-बाप शाम के समय घूम रहे थे। उन्हीं बच्चों के बीच मोहन व सीता के दोनों बच्चे हवि व शिवम् भी शनिवार होने के कारण अपने मम्मी व पापा के साथ शामिल हुए। अपने दोस्तों को देखते हुए वह अपने माँ-बाप का साथ छोड़ अन्य सभी बच्चों के साथ शामिल हो खेलने लगे। उधर मोहन व सीता भी राहत की सांस लेते हुए पार्क के चारों ओर बने वॉकिंग ट्रेक पर वॉक करते हुए अन्य लोगों के साथ शामिल हो गए। सूरज ढलने के साथ-ही-साथ धीरे-धीरे पार्क खाली होने लगा। पर सभी बच्चे अभी भी खेल में मग्न थे। थोड़ी देर घूमने के उपरान्त मोहन और सीता पार्क में बने बेंच पर बैठ गए। वर्किंग डेज़ की व्यस्तता के बारे में बात करने लगे।

सीता बोली, "काश! हम लोग रोज शाम को पार्क आ पाते तो कितना अच्छा होता।" बच्चे भी हम दोनों के न होने के कारण बंधे रहते हैं।

मोहन बोले, "क्या करें, प्राइवेट नौकरी में रहते हुए हम शायद ही यह अवसर पा सकेंगे। किसी भी दिन आठ बजे से पहले निकलना संभव ही नहीं हो पाता है। सुबह आठ बजे निकलो, रात 10 बजे घर आओ। कोल्हू के बैल से बस खटते रहो।

आजकल तो ये अन्ना के अनशन ने और हालात बिगाड़ दिए हैं। पिछले एक हफ्ते से रोज ट्रैफिक की हालत इतनी ख़राब रहती है कि दस तो दरियागंज से निकलने में ही बज जाते हैं फिर भी मैं तो यह सोचता हूँ यदि इस भ्रष्टाचार रूपी राक्षस से निजात मिले तो ऐसे जाम झेलने में कोई हर्ज नहीं है पर सरकार की हठधर्मिता तथा रोज बदलते स्टेटमेंट को देखते हुए ज्यादा

उम्मीद नहीं करना चाहिए। काफी देर हो रही है, चलो बच्चों को बुलाओ। अब घर चलें, थोड़ा टीवी भी देखा जाए क्या हो रहा है रामलीला मैदान में।

मम्मी की आवाज सुनते ही, हवि व शिवम् दौड़कर आ गए। सब घर की तरफ चल पड़े। रास्ते में हवि पापा से पूछने लगी, "पापा ये अन्नागिरी क्या होता है? मेरे सारे दोस्त कल अपने पापा मम्मी के साथ अन्नागिरी में जाएंगे। राखी तो पार्क में सफेद टोपी लगा कर आयी थी। जिस पर लिखा था, 'मैं अन्ना हूँ।'

इसी बीच शिवम् भी पूछने लगा। पापा ये अन्ना क्या है? सभी अपने आप को, क्यों अन्ना कह रहे हैं? आजकल इतना हो-हल्ला क्यों है? कल तो मेरी स्कूल बस आधे घंटे अन्ना जुलूस में फंसी रही। ये कैसा जुलूस है? और लोग क्यों पंद्रह अगस्त के दिन जैसे राष्ट्रध्वज लिए चल रहे हैं। उन सभी के हाथों में तख्तियाँ थीं जिन पर लिखा था, 'अन्ना भ्रष्टाचार खत्म करो, हम तुम्हारे साथ है।' ऐस कई तख्तियाँ थीं। अधिकांश पर भ्रष्टाचार लिखा था। यह भ्रष्टाचार क्या है? पापा मम्मी आप कब चलेंगे रामलीला मैदान?

चलो पहले घर चलो। ठीक से रोड पार करो। फिर घर पर बात करेंगे। यह एक गंभीर विषय है। हम तुम्हें आराम से बताएंगे।

घर पहुँचते ही बच्चे होम वर्क में लग गए। मोहन टीवी देखने लगा। सीता रसोई के बाकी काम पूरे कर, डिनर की तैयारी करने में लग गई। सभी एक तरह से भ्रष्टाचार के विषय को, दैनिक कार्यों की व्यस्तता में थोड़ी देर के लिए भूल गए। खाना तैयार होते ही, सीता ने सभी को डाइनिंग टेबल पर आने लिए कहा।

आजकल बच्चों के दादा जी भी आए हुए हैं। सभी लोग मेज पर बैठ गए। बच्चे भी अपने कमरे से आकर डिनर में शामिल हो गए। टेबल पर पहुँचते ही हवि व शिवम् फिर अन्ना व अन्नागिरी तथा भ्रष्टाचार पर अनेक प्रश्न पूछने लगे। मोहन जितना उन्हें बताता, बच्चे उतना ही पूछते जाते। उसे सबसे ज्यादा मुश्किल- 'भ्रष्टाचार क्या है?' इस प्रश्न के जवाब को लेकर महसूस हो रही थी। फिर भी उसने अपने तरह से कोशिश की। पर बच्चों की उत्कंठा शांत नहीं हुई। उधर सीता भी बहस में शामिल हो गई थी पर दादा जी शांत थे। दादाजी 85 साल की उमर पार कर रहे थे। उन्होंने भारत की आजादी तथा आजादी के 62 वर्षों को बहुत करीब से देखा था। आजादी के आंदोलनों के समय की भावनाएँ, आजाद भारत की आशाएँ तथा देश की वर्तमान स्थिति, सब उनके मस्तिष्क के पटल पर उभरने लगा। खाना समाप्त हुआ। सभी अगले दिन की व्यस्तता को ध्यान में रखते हुए, अपने-अपने कमरों में चले गए। पर दादा जी उस रात, देर तक

सो नहीं सके। उनके सामने भी वही प्रश्न था कि बच्चों को भ्रष्टाचार क्या है? कैसे समझाएँ, ये क्यों है तथा इसे हम क्यों नहीं रोक पा रहे हैं? इससे हमें क्या नुकसान है? शायद अन्ना के आंदोलन में शामिल हर आम आदमी विशेषकर युवा भी इसी प्रश्न का हल तलाशने, अन्ना के आंदोलन में शामिल हो रहा है, पर हर व्यक्ति का भ्रष्टाचार को समझने का अपना-अपना अलग नजरिया है। यदि संक्षेप में कहें तो पाँच अंधों द्वारा हाथी को छूकर उसका विवरण बताने जैसा ही लग रहा है, पर दादा जी जो लोक प्रशासन के हिस्सा रह चुके थे, उन्हें एक विवेकशील व दूर-दृष्टि वाले व्यक्ति की तरह सब कुछ साफ-साफ नजर आ रहा था कि आज हमारी यह हालत क्यों है? यह सोचते-सोचते वे भी सो गए।

सुबह फिर वही भाग-दौड़। नाश्ता करते-करते मोहन ने सीता से कहा. "यार कल बच्चों ने हमें हिला कर रख दिया। उनके बाल सुलभ प्रश्नों को ही, देश के सारे नागरिक पूछ रहे हैं। सच कहूँ तो मैं भी इस आंदोलन में शामिल होना चाहता हूँ। आज जो इस आंदोलन में शामिल हैं उनसे कई गुना लोगों का इसे मौन समर्थन है। नेताओं का यह बार-बार कहना गलत है कि इसमें मात्र मुट्ठी भर लोग हैं तथा अपनी भड़ास निकाल रहे हैं। वे सच्चाई से बिलकुल अनभिज्ञ हैं। आज हर व्यक्ति इस आंदोलन में कूद पड़ने के लिए उद्यत है। सरकार के प्रतिनिधियों व पत्रकारों आदि को इसे तथा जो इस आंदोलन में भाग ले रहे हैं, उन्हें देखकर हल्के में नहीं लेना चाहिए। चलो हम फिर लग गए। लाओ मेरा बैग, शाम को मिलते हैं गुड डे।

मोहन के जाने के बाद बच्चे भी तैयार होकर स्कूल जाने लगे, पर आज सीता को काफी देर हो चुकी है। दादा जी अभी भी सो रहे हैं। शायद वह कल रात काफी देर तक सो नहीं सके थे। वह उनके उठने का इंतजार कर रही है। पर ऐसा लगता है वह आज ऑफिस नहीं जा सकेगी। पौने नौ बज चुके हैं। दादा जी की आँखें खुलीं। वह आश्चर्य में पड़ गए। अरे, ये तो नौ बजने वाला है। बेटा आज तुम ऑफिस नहीं गईं। मुझे माफ कर देना। मेरी वजह से तुम लेट हो गईं। क्या करता, देश की जो स्थिति है, जो हमारे नेता कर रहे हैं, जो समाज चाह रहा है, इन बातों के कारण मैं काफी देर तक सो नहीं सका। पिताजी, आप ठीक कह रहे हैं। आज जो भी बुद्धिजीवी हैं, वे सब इसी तरह से परेशान हैं और जिस बात को समाज के सबसे निचले पायदान पर खड़ा व्यक्ति समझ रहा है और जिससे सभी मुक्ति चाहते हैं, वह आज के देश के कर्णधारों के समझ में क्यों नहीं आ रही है। यह बात पूरे अखबार में तथा मीडिया में भरी हुई है। फिर भी इस आंदोलन तथा अन्ना जी का त्याग देखते हुए ऐसा लगता है कि इस बारे में कुछ हो कर रहेगा। सीता ने यह कहते हुए बोला, पिताजी आप फ्रेश हो लीजिए आपका नाश्ता लगा दूँ। आज मैं कुछ पेंडिंग बैंक आदि के काम कर लूँ। शाम को बच्चों को डिस्ट्रिक

पार्क में होने वाले कैंडल मार्च में शामिल कर लाऊँ। वह भी देश के लिए कुछ करना चाहते हैं। पिताजी आप भी चलोगे ?

नहीं बेटा तुम सब जाना। शाम को मंदिर जा रहा हूँ तथा आज अन्ना जी के साथ मैं भी व्रत रखूँगा। मेरे लिए कुछ मत बनाना। शाम को ही मोहन के साथ कुछ खा लेंगे।

अच्छा पिताजी। पर आज आप बच्चों को भ्रष्टाचार तथा इस आंदोलन के बारे में विस्तृत रूप से अवश्य बताइएगा जिससे वह वस्तु स्थिति समझ सकें।

अच्छा याद दिलाया बहू। शाम को इस बारे में अवश्य बात करेंगे। बहू, जरा रिमोट तो देना, देखें राम लीला मैदान में क्या चल रहा है।

पिताजी, लीजिए रिमोट, अब मैं निकलती हूँ। थोड़ी देर में बच्चे आएँगे। उन्हें संभालिएगा। तीन बजे तक मैं आ जाऊँगी। इतना कहकर सीता वहाँ से निकल गई। ये क्या! बाहर यहाँ भी जाम!

क्या हुआ भाई साहब ?

कुछ नहीं अन्ना के समर्थन में जुलूस निकाला है, कुछ स्कूलों ने। अभी ठीक हो जाएगा ट्रैफिक, कोई परेशानी की बात नहीं है, भाई अन्ना को समर्थन तो देना ही है।

इधर ढाई बजते ही घंटी बजी। दादा जी समझ गए कि बच्चे आ गए। ये क्या, तुम दोनों ने भी अन्ना टोपी पहन ली।

हाँ दादाजी, हम दोनों ने रेड लाइट पर अन्ना टोपी बेच रहे, भइया से टोपी खरीद ली। कैसी लग रही है दादाजी, आपके लिए भी एक लाए हैं लगाइए न। इतना कहकर बच्चों ने गांधी टोपी जो अब अन्ना टोपी बन गई है, उनके सिर पर लगा दी। दोनों ड्रेस चेंज करने लगे। पर इधर दादा जी को 1947 में हुई 'अंग्रेजों भारत छोड़ो आंदोलन' की याद आ गई। उस समय वह भी इसी तरह के जन आंदोलन में शामिल थे।

दोनों बच्चे कपड़े चेंज कर आ गए। फ्रिज से फल निकाल कर खाते हुए, दादाजी से लिपट गए। आज आप हमें इस जुलूस व भ्रष्टाचार के बारे में सब कुछ बताओगे।

चलो एसी वाले रूम में चलते हैं फिर आराम से बाते होंगी।

सबसे पहले मैं भ्रष्टाचार क्या है, यह बताता हूँ। भ्रष्टाचार लोगों के द्वारा की गई बेईमानी व अनैतिक आचरण है जो वे, उन्हें मिले रोजगार, अवसर, प्राधिकार या शक्तियों के तहत करते हैं। ये सारी चीजें लाखों में हैं तथा लाखों लोग इनसे जुड़े हैं। इसी कारण आम आदमी से लेकर खास

आदमी अपनी रोजमर्रा की जिन्दगी में इनसे दो-चार होता रहता है। इन भ्रष्टाचारी कार्यकलापों से आम व्यक्ति का धन, समय, मानसिक शांति, यहाँ तक कि जीवन भी खतरे में पड़ गया है। उदाहरण के लिए बच्चों का अच्छे स्कूल में दाखिला करवाने के नियमों के तहत तरह-तरह के बहाने से स्कूल मैनेजमेंट द्वारा पैसे माँगना। यहाँ स्कूल मैनेजमेंट अपने व्यवसाय के तहत माँ-बाप से गैरकानूनी पैसे वसूलता है। व्यक्ति अपनी सहूलियतों के कारण ऐसा करने के लिए बाध्य होता है। रेड लाइट पर खड़े हुए ट्रैफिक पुलिस वाले, यदि व्यक्ति अनजाने से भी लाइट पार कर गया तो उसके पीछे लग जाते हैं। इसलिए नहीं कि ट्रैफिक व्यवस्था सुधरनी चाहिए बल्कि वह व्यक्ति अपनी जान छुड़ाने के एवज में कुछ पैसे उन्हें अवश्य देगा। वही पुलिस वाला, उन बसों, टेम्पो वालों को कुछ नहीं बोलता जिनसे उन्हें पैसे मिले हुए हैं। यह सब अथॉरिटी के अंतर्गत आने वाले भ्रष्टाचार हैं। अब अपने घर पर ही देख लो, तुम्हारी माँ पिछले एक महीने से बैंक के चक्कर लगा रही है। मात्र लोन पेपर में पता बदलवाना है पर बैंक कर्मचारी, करके नहीं दे रहा है। इसमें तुम्हारे माँ का कीमती समय बरबाद हो रहा है। पिछले सप्ताह हमारे मित्र को शहर के बड़े अस्पताल में भर्ती करना था, पर बेड आदि होने के बावजूद 1500 रुपए पंजीकरण कराने के लिए देने पड़े। यदि नहीं देते तो थोड़ा और विलम्ब होता, तब तक हो सकता था उनकी जान निकल जाती। इसी तरह के लाखों उदाहरण हैं। कहाँ तक बताएँ तुम दोनों को।

पर दादा जी कोई इन्हें रोकता क्यों नहीं।

हाँ, उन्हें रोकने का उपाय होना चाहिए। सरकार ने बनाए भी हैं। पर वह व्यवस्था भी इसे रोकने के बजाए इससे अनैतिक लाभ के लिए उल्टे इसे बढ़ावा ही दे रही है। कहने का मतलब है कि सारी की सारी श्रृंखला में भ्रष्टाचार व्याप्त हो गया है। स्कूलों के टीचरों में ट्यूशन पढ़ाने का चलन भी एक तरह का भ्रष्टाचार ही है। अध्यापक अपनी नैतिक जिम्मेदारी को ताख पर रखकर अवैधानिक तौर पर पैसे कमाने में लगा है। कभी-कभी सुनने में आता है कि अमुक टीचर ने कुछ बच्चों को अपने विषय में फेल कर दिया जिससे कि वे ट्यूशन पढ़ें। पेरेंट्स मजबूर होकर उनके इस जुल्म को सहते हैं। कोई सुनने वाला नहीं, ऊपर जाने पर पता चलता है उसका ससुर मंत्री है। उसकी सास इंस्पेक्टर है आदि-आदि।

इसी दौरान सीता घर पहुँचती है। दादा के साथ बच्चों को देखकर कहती है, क्या चल रहा है। तुम लोगों ने कुछ खाना खाया कि नहीं। पिताजी क्या बातें हो रही हैं आप सब में। माँ के आने पर बच्चे, जिन्हें भ्रष्टाचार समझ में नहीं आ रहा था, वहाँ से खिसक लिए और ससुर बहू इसी मुद्दे पर बातें करने लगे। सीता बोली, देखो पिताजी आज भी उसने मेरे पेपर ठीक कर नहीं दिए।

लगता है कुछ पैसा आदि चाह रहा है पर बोलता भी नहीं है कमबख़्त। जाते समय रास्ते जाम थे। बहुत सारे प्रदर्शन कर्मी जुलूस में शामिल थे। चारों तरफ अन्ना ही अन्ना हो रहा है। हाँ शाम को बच्चों को कैंडल मार्च में ले जाना है। पर पिताजी आपको लगता है कि लोकपाल बिल आने से भ्रष्टाचार पर अंकुश लगेगा।

फिर वही बात, अंकुश तो अभी भी लग सकता है, पर लगाएगा कौन? सरकारी व्यवस्था तो ऊपर से नीचे तक एक प्रणालीगत भ्रष्ट व्यवस्था का हिस्सा बन चुकी है। अब बाहरी व्यवस्था कितना अंकुश लगा पाएगी, कहना अभी मुश्किल है। हाँ यह बात अवश्य है, यदि देश के सर्वोच्च पदासीन लोगों के अंदर डर हो कि उस पर भ्रष्टाचार खत्म करने की जिम्मेदारी आन पड़ी है व इससे उसकी कुर्सी, गद्दी जा सकती है तो वह अपने नीचे के लोगों पर नजर रखने के लिए बाध्य होंगे। मात्र नियंत्रण तथा क्रियान्वयन ही की तो बात है। आज जन लोकपाल की आवश्यकता प्रतीत हो रही है। पिछले दिनों हुए उच्चस्तर के घोटाले, जिनमें लाखों करोड़ रुपए शामिल हैं, सच्चे मायने में चिंता पैदा कर रहे हैं। लेकिन मात्र प्रदर्शन से कुछ नहीं होगा। जब तक जनता संगठित हो पूर्ण रूप से स्वयं इस राक्षसी व्यवस्था को काबू नहीं करेगी, हम सभी इस मकड़जाल से बाहर नहीं निकल पाएंगे। वैसे तो पिछले 40 सालों से लोकपाल बिल लंबित है पर यदि यह इस बार पास हो, उससे ज्यादा, इसका ढंग से क्रियान्वयन हो, तो हम जरूर इस मकड़जाल से बाहर निकल पाएंगे। बच्चों तैयार हो जाओ, चलो कैंडल मार्च में चलें।

पक्का घर

26 जनवरी 2040 का दिन, भारत अपना इक्यानवेवां गणतंत्र दिवस मना रहा है। सभी प्रशासनिक कार्यालयों और स्कूलों में राष्ट्रीय ध्वज फहराने का कार्यक्रम पूर्व निर्धारित तरीके से संपन्न किया जा रहा है। राजनगर के सरदार पटेल उच्चतम माध्यमिक विद्यालय में ऐसा ही कार्यक्रम चल रहा था। विद्यालय के समस्त छात्र विद्यालय प्रांगण में लाइनों में खड़े थे और मुख्य अतिथि, प्राध्यापक तथा अन्य अध्यापकों के सन्देश व भाषण चल रहे थे कि 12वीं कक्षा की लाइन में शोर मच उठा। वहाँ श्याम नाम का एक छात्र बेहोश होकर जमीन पर गिर पड़ा था। कार्यक्रम में अफरा-तफरी मच गयी। सभी अध्यापक उस स्थान पर आए तो पता चला कि श्याम बेहोश है। उसे एम्बुलेंस से स्थानीय अस्पताल पहुँचाया गया। डॉक्टरों ने निरीक्षण के उपरान्त यह बताया कि ग्लूकोज़ डाउन होने के कारण श्याम बेहोश हो गया है।

श्याम एक होनहार छात्र था। विद्यालय को उसके एकेडमिक परफॉर्मेंस पर गर्व था। राजेश, जो श्याम का पक्का दोस्त था। उसके इलाज के दौरान उसके साथ था। श्याम के माँ-बाप नहीं थे। उसकी मौसी पास के गाँव में रहती थी समाचार मिलने पर वह पर्याप्त व्यवस्था के साथ श्याम की देख-रेख के लिए आ गई। ग्लूकोज आदि चढ़ाने के बाद श्याम होश में आ गया था। डॉक्टरों के पूछने पर श्याम ने बताया कि उसने पिछले दो दिनों से कुछ नहीं खाया था। घर में कुछ खाने के लायक नहीं था। श्याम की इस बात पर राजेश को कुछ विश्वास नहीं हो रहा था कि उसका दोस्त दो दिनों से भूखा था, पर उसकी मौसी को कोई आश्चर्य नहीं हुआ क्योंकि वह उसके घर की स्थिति से पूरी तरह परिचित थी।

स्थिति सम्हलने पर, राजेश ने उसकी मौसी राधा से उसके माँ व परिवार के बारे में जानना चाहा। राधा ने अपनी बड़ी बहन चंपा के बारे में बताते हुए कहा कि वह बहुत होशियार थी। वह उस समय अकेली दसवीं पास लड़की थी गाँव में, पर मेरे माँ-बाप मेरी बहन की शादी कर शीघ्र जिम्मेदारियों से मुक्त होना चाहते थे। चंपा के कितने विरोध के बावजूद, उसकी शादी पास के गाँव गढ़ी खुर्द में कर दी गई। चंपा का पति कृषि मजदूर था। उसके पास, खेती या कोई पूर्णकालिक व्यवसाय न था। गाँव के खेतिहर किसानों के खेतों में काम करता। कभी-कभार नरेगा में भी काम मिल जाता पर उसके भुगतान का कोई समय नियत न होता। समय पर ऊपर से बजट मिल गया तो सही, नहीं तो महीनों लग जाते। चंपा की शादी होने के साल में ही प्रधान मंत्री आवास योजना में उसके पति सूरज को पक्का घर मिल गया। सभी चंपा के भाग्य को सराहने लगे। बहू के पांव बड़े फलदाई हैं। फूस व टटिये के घर की जगह पक्का मकान बन गया था परन्तु कमाई के साधन नहीं थे। खर्च डबल हो गये थे। फिर भी चंपा व सूरज ने धीरे-धीरे गृहस्थी की गाड़ी को आगे बढ़ाना शुरू किया। चंपा इतनी पढ़ी न थी कि उसे कोई काम मिल सके। वैसे गाँवों में खेती में काम करने के अतिरिक्त कोई काम भी न था। सूरज ने अपनी माँ को गाँव के जमींदार के यहाँ धान कूटते व गेहूँ पीसते देखा था जहाँ उसे खाने भर का अनाज मिल जाता था। पर यह काम भी मशीनें आटा चक्की धान कुट्टी आने से नहीं रहा। अब तो खेती के काम ही बचे थे जो चंपा सूरज के साथ करती थी।

"मैंने कितनी बार चंपा व सूरज को शहर चलकर गारे- मिट्टी के काम के लिए कहा पर वह मना कर देते। चंपा बोलती राधा यह काम भी कोई काम है। झुग्गियों में रहकर सुनसान इलाकों में जिन्दगी बिताओ। न बाबा न, हमसे न होगा। उसे यह नहीं पता था कि वहाँ प्रतिदिन काम व मजदूरी की व्यवस्था थी। शादी के कुछ दिन बाद ही श्याम पैदा हुआ और वह माँ बन गई। खर्च और बढ़ गया। कमाई नहीं बढ़ी। पैसे की कमी की वजह से रोज कलह होने लगा। ये क्या तू सोने लगा, हाँ आंटी। मैं घर जाता हूँ। सुबह फिर आऊँगा।"

घर पहुँच कर राजेश लेट गया पर उसे नींद नहीं आ रही थी। रह-रह कर उसे अपने दोस्त के भूखे रहने की बात सता रही थी। यदि श्याम को कुछ हो जाता तो। वह यह नहीं समझ पा रहा था कि एक पक्के घर में रहने वाला इंसान भूखा कैसे रह सकता है जबकि मेरा घर तो कच्चे दीवालों का खपरैल व फूस का है पर हमें कभी भी भूखे नहीं सोना पड़ता। यह जटिल सवाल एक पहेली की तरह था। सुबह होते ही श्याम अपने दादा जी के पास गया और पूछने लगा कि दादा जी पक्के घर में रहने वाला क्या भूखा मर सकता है।

"अरे राजेश तुझे यह क्या हो गया? यह कैसा प्रश्न है?"

"दादा जी मुझे बताइये ना। मेरा दोस्त पक्के घर में रहता है। घर में नल से जल आता है। बिजली है। बाहर शौचालय है। सब कुछ तो है पर खाना नहीं? यह कल स्कूल में बेहोश होकर गिर गया था। डॉक्टर को उसने बताया कि वह दो दिन से भूखा था।"

दादा जी ने लम्बी सांस लेते हुए कहा, "बेटा अब मैं समझा। मैं तुझे सब कुछ बताता हूँ। जीने के लिए आमदनी का जरिया चाहिए। वह आमदनी अपने खेत में उपजाई फसल बेचकर, मजदूरी व नौकरी करके, कुछ कारोबार जैसे दुकान, काश्तकारी आदि से मिलती है। इंसान को जीवन यापन के लिए यह सब उसके इर्द गिर्द चाहिए। पर आज भी गाँवों में इनका अभाव है। परिवार बढ़ रहे हैं और यह अभाव और बढ़ रहा है। हो सकता है तुम्हारे दोस्त के पास कोई आमदनी का जरिया न हो और वह आवश्यक भोजन की व्यवस्था न कर पाया हो।"

"दादा जी, मुझे यह तो मालूम नहीं। मैं आज ही उसकी मौसी राधा से पूछूंगा।"

आज राजेश बिना समय गंवाये अस्पताल पहुँचना चाहता था जिससे श्याम का हाल पता चल सके। अस्पताल पहुँचते ही वह सीधे श्याम के वार्ड में गया। जहाँ वह उसका इंतजार कर रहा था। श्याम कैसे हो? राजेश ने पूछा और उसके नजदीक बैठ गया।

"ठीक हूँ राजेश", श्याम ने धीरे से कहा। "मौसी कहीं उठ न जाये। वह बेचारी पूरी रात नहीं सोई है मेरी वजह से। सुबह ही नींद लगी है।"

अच्छा-अच्छा ठीक है। चल बाहर चलते हैं। दोनों बरामदे तक गये और बाहर देखने लगे।

राजेश ने श्याम का हाथ अपने हाथ में लेते हुए, बड़ी आत्मीयता से पूछा कि यह बता तूने दो दिनों से खाना क्यों नहीं खाया था। क्या घर पर अनाज नहीं था?"

"नहीं राजेश, अनाज तो था पर गैस खत्म हो गयी थी। नया सिलेंडर इस समय 2500 रुपये का आता है। स्कॉलरशिप भी नहीं मिली थी, न ही बच्चों के ट्यूशन का पैसा। मैं सोचता था कि आजकल में पैसे का जुगाड़ हो जायेगा तो गैस ले लूंगा। ये गैस लकड़ी या बुरादा थोड़े ही है जो एक या आधा किलो मिल जाए। इसे तो पूरा सिलेंडर ही लेना पड़ता है। मेरे लिए यह मुफ्त का कनेक्शन बहुत दुर्भाग्य लाया है। इसने मुझसे मेरी माँ को छीन लिया और अब मैं मरते -2 बचा।"

"ये क्या कहानी है माँ वाली।"

दोनों की आवाज सुन राधा जग गयी। "अरे बेटा राजेश तुम आ गये। कुछ खाया पिया कि नहीं।"

"मैं तो आंटी नाश्ता करके आया हूँ, श्याम के लिए ही मँगाना।"

"अच्छा तुम यहीं रहो, मैं कुछ करती हूँ।" राधा ने कहा।

राजेश को यह सब सुनकर ऐसा लगने लगा कि वह जिन्दगी की सच्चाई से कितना अनभिज्ञ है। कितनी क्रूर है यह जिन्दगी। जितना हम विकसित होते हैं, हमारा जीवन उतना जटिल और कठिन हो जाता है। यह कैसा आत्मनिर्भर भारत है? गुरुजी, इतिहास पढ़ाते हुए बताते हैं भारत के 14वें प्रधानमंत्री ने नारा दिया था, 'आत्मनिर्भर भारत, सशक्त भारत' यह कैसा आत्मनिर्भर भारत है मौसी, जिसमें कोई गैस सिलेण्डर न खरीद सके और ईंधन न हो तो जान पर बन आये।

"हाँ बेटा राजेश, नेताओं को यह मूल बात समझ में नहीं आती कि जब तक प्रत्येक व्यक्ति आत्मनिर्भर न होगा, तब तक समाज या गाँव आत्मनिर्भर नहीं होगा और न ही अपना देश।

मेरी दादी कहा करती थी और कुछ मैंने भी देखा है कि पहले मेरा गाँव पूर्ण रूप से आत्मनिर्भर था। वहाँ पर्याप्त अन्न, ईंधन था, वहाँ कपड़े और खपड़े बनते थे। बस हमें नमक बाहर से लेना पड़ता था। जो बहुत सस्ता था उन दिनों, आज जैसे Poly pack नहीं। शायद प्रतिष्ठित शायर इकबाल का शेर 'कोई बात है हममें ऐसी कि हस्ती मिटती नहीं हमारी' में मौसी मुझे लगा कि मेरा आत्मनिर्भर गाँव ही वह कारण था जिससे हमारी हस्ती सदियों से कायम है। परन्तु मुझे आज डर लगने लगा है कि हमारे आज के नेताओं जैसे सोच का आत्मनिर्भर स्वरूप हमें प्रकृति या मानव निर्मित कोई बड़े थपेड़े से बचा सकता है क्या?

यह सुनते ही राधा सन्न रह गयी और बुदबुदाने लगी, "क्या ऐसा भी हो सकता है?"

यह सुनते ही राजेश बोल पड़ा, "हाँ मौसी हाँ। 175 करोड़ की जनसंख्या वाले भारत के घर का चूल्हा यदि बाहर से आयात की जाने वाले गैस पर निर्भर होगा और उसकी कीमत आयातित कच्चे तेल की कीमत पर निर्भर हो तो हमारी हस्ती किसी बड़े सार्वभौमिक हादसे से अवश्य खतरे में पड़ सकती है।"

"ठीक कहा बेटा, जब मैं सुनती हूँ कि मेरी दादी एक-एक कुंटल गोबर को प्रतिदिन थाप कर उपले बना देती थी, घर में पटसन, अरहर और तिल से लकड़ी का काम चलता था तो बहुत आश्चर्य होता है। मेरी छोटी बेटी तो यह जानती तक नहीं कि गैस के बिना किसी और ईंधन से भी खाना पकाया जा सकता है।" "मौसी गैस की बात से याद आया कि श्याम की माँ की मौत का इस गैस से क्या नाता है?"

"मत पूछ राजेश, मेरा गला भर आता है जब मैं उस दिन को याद करती हूँ। फिर भी तुझे बताती हूँ। बात 2030 की है जब श्याम आठ वर्ष का था। उस साल बड़ा सूखा पड़ा। गाँव में कोई फसल, खेती न हुई, तपते सूरज ने सब जला दिया था। पोखर और तालाब सूख गये थे। खेती-बाड़ी के काम खत्म हो गये थे। इस कारण गाँव में कोई काम नहीं था पर पेट व उसकी भूख तो थी। घर में अनाज तो पब्लिक डिस्ट्रीब्यूशन से मिल जाता था परन्तु गैस सिलेंडर 1500 रुपये का था। उसकी व्यवस्था कैसे हो ? सूरज जो पहले से ही पारिवारिक बोझ से परेशान रहता था। चंपा से लड़ता रहता था। धीरे-धीरे शराब, जिसकी कमी सरकारी ठेकों पर न थी, की लत पड़ गयी थी। एक बार गैस खत्म हो गयी, खाना नहीं बन पाया। उस दिन शराब के नशे में धुत्त सूरज देर रात घर आया और चंपा से खाना माँगते हुए बोला, " चंपा खाना ला, भूख लगी है।"

चंपा जवाब में धीरे से बोली, सुबह से कह रही हूँ कि गैस नहीं है, गैस नहीं है। सुनाई नहीं पड़ा था क्या ? जो रात को दिखाई दिये हो।"

"शाली बात लड़ाती है, निकल मेरे घर से। अभी ठीक करता हूँ तुझे।" यह कहते हुए उसका हाथ पकड़ कर घर से बाहर खींचने लगा। वह विरोध करते हुए अंदर आ गई। अंदर आने पर फिर उसे मारने लगा। वह बाथरूम में घुस गई। उस पर शराब का नशा सवार था। वह बाथरूम में घुस गया। वहां हौद में पानी भरा था। उसी हौद में उसके बाल पकड़ कर उसका सिर डूबोने लगा। काम व भूख से जर्जर शरीर, ज्यादा विरोध न कर सका और वह वहीं हौद में शांत हो गयी। सुबह जब सूरज का नशा उतरा तो उसके होश उड़ गये। "यह मैंने क्या किया ?" कह कर रोने लगा। समाज व कानून के डर से वह गाँव छोड़कर भाग गया।

श्याम, जो उस समय आठ साल का था, से रात की घटना आस-पड़ोस को पता चली। सबको बड़ा दुख हुआ। चंपा का अंतिम संस्कार कर दिया गया। गाँव वालों ने पैसे, अनाज आदि से श्याम की मदद की। मैं लगातार एक साल तक श्याम के घर में रही। श्याम को खाना बनाना, घर के काम करना आदि सिखाया। उसे मैं अपने घर भी ले जा सकती थी पर उसके पक्के घर पर कोई कब्जा न कर ले, इसी कारण उसे वहीं रहने के लिए तैयार किया। इसकी पढ़ाई की व्यवस्था की। छोटा बच्चा पढ़ाई व कमाई, घर के काम-काज में संतुलन बनाने लगा। उसे फीस माफ सुविधा के अतिरिक्त स्कॉलरशिप मिलने लगी। उसने छोटे बच्चों का ट्यूशन भी कर लिया। मतलब वह स्वावलंबी हो गया एक तरह से। उसका बाप सूरज फिर घर नहीं आया। कभी-कभार पैसा भेजता था थोड़ा बहुत। बाद में वह भी बन्द हो गया। फिर एक दिन एक भूतनी को लेकर आया और गाँव

के घर को बेचने की बात करने लगा। गाँव के लोगों के कड़े विरोध के कारण वापस चला गया और फिर आज तक लौटकर नहीं आया।

"मौसी, श्याम ने बहुत कष्ट उठाये। अब मैं उसका ध्यान रखूँगा।"

इतने में श्याम जो बाहर बैठा था, अन्दर आ गया। उसके आते ही, राजेश ने उसे गले लगा लिया।

"अरे यह क्या कर रहा है? राजेश, छोड़ मुझे। कुछ नहीं होगा मुझे।"

"अभी तू ठीक हो जा, फिर देखेंगे। अच्छा मैं घर जा रहा हूँ, माँ खाने के लिए इंतजार कर रही होगी।"

घर जाकर उसने सारी बातों की तस्दीक अपने दादा जी से की। फिर उनसे विनीत भाव से बोला, "दादा जी क्या आप श्याम की मदद करेंगे? वह आपके पैसे वापस कर देगा। मैं भी स्कूल में उसकी स्कॉलरशिप के जल्द भुगतान के लिए बात करूँगा।" "अच्छा-अच्छा, तू परेशान न हो, मैं उसका ध्यान रखूँगा।" दादा जी ने कहा।

अगले दिन श्याम घर आ गया। राजेश के दादाजी ने गैस का इंतजाम करा दिया। अगले दिन राजेश ने अपने स्कूल के प्रिंसिपल से सारी बात बताई। स्कूल मैनेजमेंट की मीटिंग में प्राचार्य राज किशोर शुक्ल ने कहा, "हमें इस बच्चे की हर तरह से मदद करनी है। लेखा विभाग अपने मद से अग्रिम स्कॉलरशिप भुगतान कर दे। बाद में इसे समायोजित कर लिया जायेगा।"

कक्षाध्यापक रमेश श्रीवास्तव ने कहा, "यदि उचित समझे तो मैं कल इसकी स्कॉलरशिप की राशि उसके घर दे आता हूँ।" प्राचार्य ने स्वीकृति दी।

चाय के दौरान इनफॉर्मल टॉक भी हुए। अर्थशास्त्र के आचार्य राजेन्द्र यादव ने कहा, "सरकार की नीतियां इस तरह की घटनाओं को जन्म देती हैं। चुनाव जीतने के लिए कोई पार्टी मुफ्त में लैपटॉप बांटती है, कोई टैबलेट और कोई स्मार्ट फोन, कोई मुफ्त अनाज, पर यह नहीं समझ पाते कि हर परिवार को स्टेबल आय स्रोत कैसे दें। अब परिवार के पास कोई काम-धंधा नहीं होगा तो क्या वह पक्के घर की दीवालों को खाकर जिंदा रहेगा। जिस विद्यार्थी के माँ-बाप के पास बच्चों को स्कूल भेजने के लिए किराया तक नहीं है, वह लैपटॉप क्या करेगा। जिसके पास किताब नहीं कापी नहीं है, फीस भरने के पैसे नहीं हैं वह स्मार्ट फोन लेकर कैसे सशक्त हो जायेगा। नेतागण देश की जनता को जाति-धर्म की अफीम खिलाकर तथा कुछ मुफ्त में लॉलीपाप जैसी सुविधाओं का वादा कर उसके वोट ऐंठ लेते हैं और जनता वहीं के वहीं पड़ी, अपने हालात को कोसती रहती है।"

इस पर श्याम के कक्षाध्यापक ने कहा कि यदि श्याम के पिता को लाख रुपये का पक्का मकान न देकर आय का कुछ स्टेबल सोर्स दिया जाता तो आज उसके सिर पर माँ-बाप का साया होता।

सभी लोग फिर गंभीर हो गये और फिर बोले, हम सब ऐसी सरकार चुनने की कोशिश करेंगे जो यह हालात बदले। पक्के मकान, लैपटॉप जैसी लोक लुभावन वस्तुएं न बांट कर देश के नागरिकों को उसे आय का साधन मुहैया करावे और वह अपनी कमाई से खुद पक्के मकान बनाकर स्वाभिमान से जी सके।

फ़र्क

मोहित और मोनिका की दसवीं की परीक्षा खत्म हो चुकी थी। दोनों बच्चे रोज अपने मम्मी पापा से कहीं घूमने की जिद कर रहे थे, पर राजेश व रागिनी चाह कर भी किसी टूरिस्ट प्लेस या हिल स्टेशन पर बच्चों को नहीं ले जा पा रहे थे। राजेश वैसे तो सूचना व प्रौद्योगिकी मंत्रालय में सेक्शन ऑफिसर था परन्तु दोनों बच्चों के भविष्य में पढ़ाई पर खर्च को देखते हुए अत्यधिक सावधानी बरत रहे थे। रागिनी एक गृहिणी होने के नाते परिवार की आय में कुछ खास योगदान नहीं कर पा रही थी। इसलिए काफी विचार-विमर्श के बाद दोनों ने तय किया कि इस बार बच्चों को नाना-नानी के पास रागिनी के अपने गाँव राजापुर ले चलते हैं। राजापुर नेपाल तराई में स्थित होने के कारण बड़ा रमणीक व हरे भरे दृश्यों वाला गाँव था। चार साल पहले भी बच्चे नाना-नानी के घर गये थे। वहाँ पर मिले प्यार व स्वच्छंद माहौल में बच्चों ने बड़ी मस्ती की थी। खासकर नाना की कहानियाँ व प्रेरक प्रसंग बच्चों को बहुत प्रेरित करते हैं। नानाजी सरकारी सेवा से सेवानिवृत्त हो चुके थे। अपने गाँव में पढ़े-लिखे होने के कारण उनकी बहुत इज्जत थी। नानी का स्वभाव बड़ा मृदु था। अपने नाती व नातिन को पाकर निहाल हो उठती थीं। दोनों बच्चे अक्सर मम्मी-पापा से राजापुर की बातें किया करते थे। यही सब कारण थे, जो उन दोनों को आह्लादित कर रहे थे। प्लान बनते ही टिकट बुक हो गये और तैयारियां शुरू हो गईं। नाना-नानी को भी राजेश ने सूचित कर दिया।

इत्तेफाक से यह मेष संक्रांति अर्थात 14 अप्रैल का समय था। गाँव के सारे बागों में आम के पेड़ बौर से लदे हुए थे। कुछ-कुछ पर छोटी-छोटी अमियाँ भी आ चुकी थीं, पर बच्चे अमियाँ जैसे शब्दों से परिचित नहीं थे। अत: उन्हें यह सब बहुत रोमाँचक लग रहा था। उधर गेहूँ की कटाई-मढ़ाई भी चल रही थी। वैसे तो नानाजी ने अन्य रिटायर्ड व्यक्तियों की तरह अपने खेत बटाई पर

दिए हुए थे परन्तु फसल में पूरी दिलचस्पी लेते थे। गेहूँ के मढ़ाई के समय खेत खलिहान में स्वयं उपस्थित रहते थे। वैसे तो नानाजी प्राइमरी के अध्यापक थे परन्तु एक कर्मठ व कर्त्तव्यपरायण अध्यापक होने के कारण उनकी एक अच्छे अध्यापक के तौर पर अर्जित प्रतिष्ठा साफ-साफ झलकती थी। इनके पढ़ाये हुए शिष्य जाने कितने उच्च अधिकारी, डॉक्टर, इंजीनियर और प्रोफेसर थे। 40 साल के अध्यापन काल में वह प्राइमरी के शिक्षक से शुरूआत करके सेवा निवृत्ति पर जूनियर हाई स्कूल के प्राचार्य तक पहुँचे थे। पढ़ाने के अतिरिक्त, आजीवन उन्हें स्वाध्याय में लगातार रुचि बनी रही। इसी कारण उन्होंने इंटरमीडिएट के बाद स्वाध्याय के दम पर ही मनोविज्ञान में एम.ए. तक की शिक्षा पूरी की। बहुत से बच्चों को उन्होंने उनके कैरियर में सफल होते देखा था।

मनोविज्ञान की समझ होने के कारण उन्होंने उनकी सफलता का कितने अवसरों पर विश्लेषण किया था। कोई बच्चा क्यों सफल होता है, कोई क्यों फेल, वे अच्छी तरह समझते थे। अपने अन्य शिष्यों के अतिरिक्त, उन्होंने अपने चारों बच्चों को पढ़ाने, उनको ज्यादा विकास का अवसर देने में कोई कसर नहीं छोड़ी थी परन्तु उनके समक्ष भी आर्थिक समस्याएँ थीं। रागिनी व राधिका अपने भाइयों प्रणय व प्रतीक की तरह ही जुड़वा थीं। प्रणय व प्रतीक दोनों सर्विस करते हैं। राधिका डॉक्टर है। प्रतीक रेलवे में चीफ इंजीनियर तथा प्रणय पेंशन व कार्मिक मंत्रालय में अंडर सेक्रेटरी (अपर सचिव) है। सभी लोग नाना जी द्वारा की गई बच्चों की परवरिश की मिसाल देते हैं तथा अपने बच्चों के कैरियर के बारे में राय लेने आते हैं।

नानीजी ज्यादा पढ़ी-लिखी नहीं थीं परन्तु संस्कारी परिवार से होने के कारण उनमें एक अच्छी माँ व पत्नी के समस्त गुण विद्यमान थे। अपनी बेटी के आने की खबर से बहुत खुश थीं। घर में कामवाली को सारा काम निपटाने व घर संभालने आदि में लगाकर, बच्चों का इंतजार कर रही थीं। पर उनके मन में रागिनी को लेकर हमेशा आत्ममंथन चलता रहता था। काश! मेरी यह बेटी, थोड़ा और प्रयत्न करती। मेहनत कितना फर्क डाल सकती है, वह राधिका व रागिनी के वर्तमान को देखकर वह समझ सकती थीं। पर अपनी तरफ से उनके अंतर को प्यार व अन्य तरीकों से भरने की हमेशा कोशिश करती थीं। यहाँ तक कि पेंशन में मिले पैसे का एक बड़ा हिस्सा उन्होंने नानाजी को बोलकर रागिनी के इन दोनों बच्चों के लिए चुपचाप जमा करवा रखा है। आज फिर यह सारे विचार चल रहे थे कि इतने में घर के दरवाजे पर चहल-पहल बढ़ने की आहट पाकर बाहर आयीं तो देखा- बेटी व दामाद अपने परिवार सहित आ चुके थे। दोनों बच्चे नानी को पाकर एकदम लिपट गये। नानी इतनी आनन्द विभोर हो गयीं कि दोनों आँखें छल-छला आयीं। वे बेटी को पाकर अपने को रोक न सकीं। गले मिलते ही रो-रोकर हिचकियाँ भरने लगीं।

रागिनी ने माँ को सम्भाला और बिठाया। जब तक बड़े आपस में हाल-चाल की बातें करते, दोनों बच्चे चारों तरफ उछल-कूद करते हुए नानाजी को तलाशने लगे। उन्हें न देखकर दोनों ने एक साथ नानी से पूछा, "नानाजी कहाँ हैं?"

नानी ने दोनों को गले लगाते हुए कहा, "अधीर न होओ, यहीं पास में गये हैं अभी आ जायेंगे। तब तक तुम दोनों भी फ्रेश हो लो।"

शाम को सभी लोग इकट्ठे थे। टीवी चल रहा था पर आज बच्चों का मन टीवी देखने से ज्यादा नानाजी से बात करने, उनसे कहानियाँ सुनने को कर रहा था। दोनों ने नानाजी को छत पर चलकर कहानी सुनाने को कहा, नानाजी ने कहा, "चलो भाई चलें, हमें भी तुमसे ढेर सारी बातें करनी हैं। राजेश बेटा आप व रागिनी भी ऊपर आ जाओ, बड़ी अच्छी हवा चल रही है।"

"नानाजी कोई नई कहानी सुनाओ न" दोनों बच्चे कहने लगे!

"नई कहानी बाद में, पहले यह बताओ, तुम दोनों की 10वीं की परीक्षा कैसी रही।

नानाजी, बहुत अच्छी।

मुझे तो पहले से ही पता था कि मेरे बच्चे बहुत अच्छा करेंगे। पर मोहित बेटा तुम बताओ आगे किस लाइन में जाने का विचार है, इंजीनियरिंग, मेडिकल या कुछ और?"

यह सुनकर मोहित बोला- नानाजी हमने तो अभी कुछ सोचा ही नहीं, परीक्षा परिणाम तो आने दीजिए। "मोनिका बेटी, और तुमने क्या सोचा है?"

"नानाजी मैं तो डॉक्टर बनना चाहती हूँ, वह भी एम्स से।"

"शाबाश बेटा!" नानाजी बोल पड़े।

मोहित से रहा नहीं गया। वह बोला पड़ा, "नानाजी इसमें इतनी क्या बड़ी बात है। बाद में भी तो सोच सकते हैं क्या करना है।"

"मोहित बेटे बहुत फर्क पड़ता है। व्यक्ति जैसा सोचता है वैसा ही वह प्रयत्न करता है। यह प्रयत्न व मेहनत ही एक दूसरे में फ़र्क डालता तथा इसी से सफलता और असफलता के बीज पड़ते हैं।"

ऐसा सुनते ही मोहित बोल पड़ा, "नानाजी राधिका मौसी और मम्मी दोनों में इतना फर्क क्यों है? मौसी डॉक्टर है और मम्मी हाउस वाइफ। क्या आपने दोनों को समान अवसर नहीं दिया था?"

"मोहित बेटा बड़ा अच्छा प्रश्न किया है तुमने। आपकी मम्मी व मौसी दोनों जुड़वा बहनें हैं, शक्ल में एकदम एक समान, पर दोनों के विचारों में बड़ा अन्तर था। बचपन में उन दिनों राजापुर के पास कोई ऐसा विद्यालय नहीं था जहाँ साइंस में 11वीं व 12वीं हो सके। इसका मतलब यह था कि साइंस की पढ़ाई के लिए बाहर जाना था। जिस तरह तुम दोनों के विचारों में अंतर है उसी तरह इन दोनों में था। राधिका शुरू से डॉक्टर बनना चाहती थी। वहीं तुम्हारी माँ, 'देखा जाएगा।' इस मानसिकता की थी। उधर तुम्हारी नानी के अन्दर बेटियों को पढ़ाई के लिए बाहर भेजने का बिलकुल मन न था। उन दिनों मैं इसी गाँव में अध्यापक था परन्तु इनके भविष्य को देखते हुए ही, शहर में ट्रांसफर कराया। पर वहाँ केवल पी.सी.एम. यानी इंजीनियरिंग की पढ़ाई थी, बायोगुप नहीं था। 10वीं का परीक्षा परिणाम निकलने पर तुम्हारी माँ व मौसी के बायो व साइंस में बड़े अच्छे अंक थे। दोनों को साइंस मिलना तय था परन्तु तुम्हारी मौसी को बायो चाहिए था। पर डॉक्टरी की पढ़ाई का खर्च देखकर मैं पीछे हट रहा था। उस पर बड़े शहर में लड़की को भेजना और मुश्किल था। नानी ने दोनों को समझाया तुम्हारी माँ तो मान गई पर मौसी की दृढ़ इच्छा के सामने हम दोनों कुछ न कर सके। अंत में जी.जी.आई.सी. जहाँ पर गर्ल्स हॉस्टल था, मौसी का दाखिला कराना पड़ा। तुम्हारी माँ की कोई अपनी सोच नहीं थी। अत: उन्हें अपने साथ ही रखा। इस तरह दृढ़ इच्छा में फर्क होने के कारण दोनों के रास्ते अलग हो गये। जहाँ तुम्हारी माँ को हर तरह का आराम मिला, वहीं मौसी को चुनौतियाँ। पर दिन-प्रतिदिन उसकी इच्छाशक्ति दृढ़ होती गई। पैसों की कमी को कम करने के लिए उसने खुद छोटे बच्चों को ट्यूशन पढ़ाने का काम कर लिया। उससे सी.पी.एम.टी. की गाईड, अनुत्तरित पेपर आदि की व्यवस्था करती थी। शहर से सीधे बस थी, पर उससे न जाकर वह दो किमी. पैदल जाकर रेल से जाना, अपने कपड़े व खाने की व्यवस्था स्वयं करना. यह सब उसकी दृढ़ इच्छा के समक्ष मुश्किल नहीं लगते। खुद स्कॉलरशिप परीक्षा में बैठी तथा पास किया। इधर मैंने तुम्हारी माँ को साइंस लेने को कहा तो कहने लगी, नहीं पापा मैं साइंस नहीं लूँगी, कौन दिमाग खपायेगा बहुत पढ़ना पड़ता है। फिर भी मैंने समझा-बुझाकर इन्हें साइंस दिलवा दिया। पर वह बिलकुल इंटरेस्ट नहीं दिखाती थी। इस कारण तिमाही में फैल हो गई। हारकर मुझे इन्हें आर्ट में डालना पड़ा। वहाँ पर भी अच्छा किया जा सकता था परन्तु दृढ़ इच्छाशक्ति के अभाव के कारण हमेशा अच्छी तैयारी नहीं कर पाती। इस कारण जहाँ तुम्हारी मौसी ने जिले में प्रथम स्थान प्राप्त किया, वहीं तुम्हारी माँ बड़े मुश्किल से 60 प्रतिशत मार्क्स ला सकी।

भविष्य के प्रति एक सोच के अभाव में जहाँ तुम्हारी माँ के पास बी.ए. करने के अतिरिक्त कोई अच्छा अवसर नहीं था. वहीं मौसी ने अपने दम पर सी.पी.एम.टी. में उत्तीर्ण किया।

काउन्सिलिंग में लखनऊ मेडिकल कॉलेज में एम.बी.बी.एस. में दाखिला मिलने का अवसर मिला। मेरे पास इतने पैसे नहीं थे कि उनका दाखिला कराया जा सके, परन्तु तुम्हारी नानी ने बच्चों के लिए त्याग का परिचय दिया और अपने गले का हार बेच कर दाखिले के लिए फीस की कमी पूरी करने में मदद की। दाखिले तथा कुछ किताबों के अतिरिक्त समस्त पढ़ाई का खर्च मौसी ने ट्यूशन व स्कॉलरशिप से अरेंज किया। आज सब मेरा गुणगान कर रहे हैं, परन्तु इसमें मेरा कोई श्रेय नहीं है। सारा श्रेय राधिका के असाधारण परिश्रम व दृढ़ इच्छाशक्ति को जाता है। इसलिए मोहित तुम भी अभी से सोचो तथा कल मुझे बताना कि क्या करना चाहते हो। चलो खाना खाते हैं।

अगले दिन राजेश व रागिनी गाँव के अन्य रिश्तेदारों से मिलते-मिलाते रहे। मोहित व मोनिका भी गाँव की गलियों में घूम-घूम कर आनन्दित हो रहे थे पर मोहित में उच्छृंखलता की जगह गंभीरता दिखाई पड़ रही थी। उसे गंभीर देख नानी ने कारण जानना चाहा, पर मोहित सकुचा रहा था, अपने मन की बात कहने में। फिर कहता है, "नानीजी मेरे लिए इंजीनियर बनना कैसा रहेगा।"

नानी ने कहा, "बेटा मुझे ज्यादा कुछ मालूम नहीं, पर तुम्हारे मामा लोगों को देखकर ऐसा लगता है कि बड़ी मेहनत का काम है। वह भी एक दिन का नहीं, पूरी जिंदगी मेहनत करनी पड़ती है। ज्यादा अपने नानाजी से पूछ लेना शाम को। पर तू छोड़ इंजीनियरिंग वगैरह, आर्ट ले लेना और मस्त रहकर पढ़ना।"

"नहीं नानी, मोनिका डॉक्टर बनने की सोच रही है, मैं भी कुछ न कुछ बनना चाहता हूँ।" मोहित बोल पड़ा।

शाम होते-होते परिवार के सभी सदस्य घर पहुँच चुके थे। रागिनी अपनी माँ की मदद कर रही थी, चाय व नाश्ता बनाने में। अन्य सभी ड्राईंगरूम में बैठकर दिनभर की बातों में मशगूल थे। बातों-बातों में राजेश ने पूछा, "पिताजी, आपका गाँव तो बहुत आगे निकल चुका है। खासतौर पर उच्च शिक्षा में। गाँव के कुछ बच्चे तो आई.आई.टी. तथा एम्स जैसे उच्च संस्थानों में है।"

"हाँ बेटा, मेरे भाई के दोनों पोते आई.आई.टी. में हैं। एक आई.आई.टी. कानपुर में व एक खड़गपुर में गाँव के एक यादव का बेटा एम्स में डाक्टरी पढ़ रहा है। तथा एक गरीब का बेटा आई. आई. एम. से एम. बी. ए. कर रहा है।" नानाजी ने बताया।

"पिताजी आप की नजर में इन सब के पीछे कौन-सी प्रेरणा कार्य कर रही है?" राजेश ने पूछा। ज्यादा तो पता नहीं, पर गाँव का माहौल, पढ़ाई को लेकर अच्छा बना हुआ है। मैं तो सभी

माँ-बाप से इतना ही कहता हूँ कि अपने बच्चों को अच्छा करने के लिए प्रेरित करें और स्वयं उनके उन्नति के लिए त्याग, खासतौर पर आर्थिक त्याग करें। बच्चों को सही दिशा में सही समय से ही प्रेरित करे। आगे उनकी लगन व परिश्रम।

"अरे मोहित बेटा कहाँ है। रागिनी जरा देखो तो मेरे बच्चों को"

नानाजी ने आवाज दी।

मोहित जो बगल के कमरे में था, बोला, "मैं यहाँ हूँ नानाजी अभी आता हूँ।"

"राजेश बेटा, आपने मोहित की शिक्षा को लेकर क्या सोच रखा है।" -नानाजी ने कहा!

"पिताजी अभी कुछ सोचा नहीं, दसवीं का रिजल्ट निकलने पर देखते हैं।"

"ऐसा क्यों ?" क्या आपको अपने बेटे पर विश्वास नहीं ?" नानाजी ने कहा।

मोहित ने अन्दर आते हुए सभी को अभिवादन किया और नानाजी के पास सोफे पर बैठ गया। तब तक नानीजी व रागिनी भी चाय व नाश्ते के साथ आ चुकी थीं। सभी लोग चाय का आनन्द ले रहे थे कि रागिनी ने कहा, पिताजी आज हम सब अंताक्षरी खेलेंगे, बड़ा मजा आयेगा। "मोहित भैया को अंताक्षरी में हराना बहुत मुश्किल है। बहुत बड़ा भंडार है इनके पास गानों का" -मोनिका बोल पड़ी।

इस पर नानाजी ने मोहित की तरफ मुखातिब होकर पूछा, "क्या यह सब सच है ?"

"हाँ नानाजी, हमने मोबाइल पर लोड कर रखे हैं।"

"अच्छा, पर मेरे कल के सवाल का क्या सोचा आपने ? क्या बनना चाहते हैं आप ?"

"नानाजी कुछ समझ नहीं आ रहा है आप ही बताइये न, मैं क्या करूँ। आर्ट, साइंस आदि विषयों की क्या खूबी है तथा उनमें कैसा फ्यूचर है।"

"मैं तुम्हें संक्षिप्त में बताना चाहता हूँ। आर्ट आसान व फ्लेक्सीबल विषय है पर इनमें अच्छी नौकरियाँ मिलने की संभावना कम है, वहीं साइंस में उच्च शिक्षा की बहुत-सी शाखाएँ हैं। इसके अतिरिक्त दो मुख्य शिक्षा- मेडिकल व इंजीनियरिंग का यह आधार है। इस कारण इसमें अच्छी नौकरी मिलने की संभावना अधिक है। परन्तु साइंस में सफलता पाने के लिए सतत परिश्रम की आवश्यकता होती है। इसमें आरामतलब विद्यार्थियों का सफल होना बहुत मुश्किल है। आज पढ़ा कल नहीं, यहाँ आधी-अधूरी पढ़ाई नहीं चल पाती। लगभग सभी बच्चे अच्छे होते हैं। अत: कम्पटीशन अच्छे बच्चों में ही होता है। ये सब बातें हैं जिन्हें ध्यान में रखना चाहिए।"

पास बैठी रागिनी ने कहा, "पर पिताजी मोहित तो आज 12 बजे रात तक पढ़ेगा लेकिन कल का कुछ पता नहीं। कभी क्लास टीचर इसे अच्छे नम्बरों के लिए शाबाशी देता है तो कभी बहुत बुरे नम्बरों के लिए माँ-बाप को उलाहना व रिपोर्ट कार्ड पर एडवर्स रिमार्क। मैं तो इसके अभिभावक - टीचर मीटिंग में बहुत डरती हूँ! वहीं मोनिका की परफॉर्मेंस कभी नीचे नहीं आती। वह अपनी पढ़ाई की निरन्तरता व स्तर बनाये रखती है।"

नानाजी ने सुनते ही कहा, "यह ठीक नहीं है मोहित बेटा, तुम्हें ध्यान से निरंतर पढ़ाई की आदत डालनी चाहिए तथा शीघ्र ही निर्णय लेना चाहिए।" यही स्थिति तुम्हारे दोनों मामा के बीच थी। इसका असर अब तक दिख रहा है, जहाँ एक इंजीनियरिंग कर आई.ई.एस. से रेलवे में इतने बड़े पद पर इंजीनियर है वहीं दूसरा दो-तीन प्रयासों के बाद मुश्किल से असिस्टेंट ग्रेड पास कर सका तथा अब जाकर 30 साल के बाद अपर सचिव के पद पर पहुँचा है।

यह फर्क दोनों की आदत के कारण ही रहा है। दोनों मेंटली स्ट्रांग थे, पर आदतें अलग-अलग थीं। इन सभी आदतों व गुणों में, 'निरंतरता' की कोई काट नहीं है। यह हर एक मनुष्य को उसके अन्दर निहित क्षमता के आधारं पर बुलन्दियों तक पहुँचाती है। सारे गुण इतना फर्क नहीं डालते जितना ये एक मात्र गुण डालता है। बेटा अपने अन्दर निरंतर श्रेष्ठ परिश्रम की आदत विकसित करो, फिर देखना तुममें कितना फर्क आता है। लोग आश्चर्यचकित होकर कहेंगे, मोहित ने सबको पीछे कर दिया। बाकी सब अपने आप व्यवस्थित होता जायेगा। आज कल सभी क्षेत्रों में अच्छे अवसर हैं, पर हैं केवल श्रेष्ठ छात्रों के लिए।

कोरोना नासपीटा

उत्तर प्रदेश के वनांचल का जवाहरपुर गाँव अपने बागों, पोखरों के लिए मशहूर है। यहाँ अप्रैल के महीने में वसंत ऋतु, जब चारों ओर वृक्ष नवपल्लव से लदे होते हैं, की शोभा देखते ही बनती है। यहाँ आमों में आये बौर से अमराई की सुगन्ध जैसे कुछ कम पड़ती है, महुवे के पेड़ नये रसीले महुवे फूलों) से लद जाते हैं।

हर साल की तरह 2020 में भी खूब टपक रहा था महुवा। परन्तु वसंती मादकता से भरे अहसास की जगह, अजीब सा सन्नाटा व्याप्त है महुवे के बगीचों में। रोज अपनों को लेकर चर्चे में एक ही बात होती है कि पता नहीं कैसे होंगे मेरे घर वाले। वनांचल में महुवा चुनने का सीजन हफ्ते-पंद्रह दिन का होता है पर इतना महुवा इकट्ठा हो जाता है कि साल भर के लिए अन्य जरूरतों के साथ देशी ठर्रे का जुगाड़ कर लेते हैं कुछ लोग।

आज सुबह-सुबह मुर्गे के बोलते ही 'जुगनी' की बूढ़ी सास उसके पीछे पड़ गयी है। "तुम भी पोखर पर जाकर कुछ महुवा बीन लिया करो। मेरे हाथ जब तक चल रहे हैं, बना लेती हूँ कुछ लाटा - ठर्रे'। चंदा को भी, अपने बाप जैसे इसका शौक है। अब देर न कर, जा अब जल्दी जा।"

इतना सुनते ही, वह जिस कपड़े में थी, उसी में बाहर निकल गई। उसके पहुँचने से पहले ही, वहाँ महुवे के झुरमुट में गाँव की औरतें पहुँच चुकी थीं। उन सबने बहुत कुछ चुन भी लिया था। जुगनी भी जल्दी-2 महुवा चुनने की कोशिश करती है, पर थोड़ा ही एकत्रित हो पाता है।

ये क्या! झिनकी दीदी, तुम्हें भी देर हो गई। तुम तो पास में ही रहती हो।"

"क्या करें! आजकल रात भर नींद नहीं आती। तेरे जीजा को लेकर मन बहुत चिंतित है। इन्हीं का फोन आया था रात में। वह बता रहे थे कि कोई बीमारी फैल गई है मुंबई में। सब आवाजाही बंद कर रही है सरकार। परसों वहाँ शाम को लोग थाली व घंटी बजा रहे थे। बड़ी चिंता है।

चलो अच्छा हुआ तू आई है। बहुत दिनों से तेरे पास आना चाहती थी।" "जुगनी, तेरा घर वाला कहाँ है आजकल?

क्या कहूँ दीदी!, मेरी मति मारी गई थी। मैंने ही उन्हें होली के बाद पंजाब जाने को कह दिया था। वह नहीं जाना चाहते थे हमें छोड़कर। हमने ही कहा, कुछ कमा लाओ, फिर आ जाना सतुये तक। क्या पंजाब में भी है ये कलमुंही बीमारी?"

"पता नहीं,"

पूछना अपने घरवाले से। चल अच्छा है, चंदा कुछ पैसे कमा लायेगा।" झिनकी ने कहा।

"दीदी बाकी तो सब ठीक है। पर रोज सुबह-सुबह मेरा दिमाग खा जाती है अम्मा महुवे को लेकर। यह तो अच्छा हुआ, इसी बहाने कुछ दिन हम दोनों मिलते रहेंगे।" अपने मन की भड़ास निकालते हुए जुगनी ने कहा।

"अच्छा चल, चलते हैं। ये लो, कुछ महुवा लेती जाओ, चटनी बना लेना। कल हम थोड़ा जल्दी आयेंगे।"

"चल थोड़ा देदे।"

घर पहुँचते ही सासु माँ ने पूछा, "आ गई बहू?"

"हाँ अम्मा।"

"कैसी है इस साल महुवे की फसल?"

"बहुत अच्छी है अम्मा।"

"पर ये क्या! बहुत थोड़ा है ये।"

"हाँ थोड़ी देर हो गई थी आज, पहले से पहुँची औरतों ने चुन लिया था, पर आप चिंता न करें। कल हम जल्दी जायेंगी। अम्मा पता है आपको झिनकी दीदी भी आई थीं महुवा चुनने। वह भी रोज आयेंगी।"

"चल ठीक है, उसका साथ रहेगा।" सासु माँ ने कहा।

दूसरे दिन तड़के सुबह दोनों महुवे के बगीचे में पहुँच गई। अभी अंधेरा कुछ ज्यादा था। अत: दोनों आपस में बात करने लगीं। "कैसे हैं चंदा ?" झिनकी ने पूछा।

"क्या पता, अपने पास तो मोबाइल भी नहीं है। बड़ा मन करता है, उनसे बात करने को। किसी और के मोबाइल पर, अपने मर्द से बात करने में मुझे बड़ी शर्म आती है। तुम कहो, मुंबई में कैसे हैं जीजा जी।"

"आज तो बात नहीं हो पाई जुगनी, मेरे पास भी मोबाइल नहीं है। कल तो मेरा देवर शहर से आया था, तो उसी के मोबाइल से बात हो गई थी।" झिनकी ने मरे मन से कहा।

"आज मैं भी सासु माँ से विनती करती हूँ कि किसी के यहाँ बात करवा दे", जुगनी ने कहा।"

यह क्या ? कितना उजाला हो गया बात करते-करते। चल महुवा चुनते हैं जल्दी - 2 नहीं तो और सब चुन ले जायेंगी।"

दोनों ने आज मौना भर-भर के महुवा बीना। खुशी से पैर थिरक रहे थे आज, पर मन के अंदर घरवालों को लेकर द्वंद्व चल रहा था। महुवे से भरे मौने को देख जुगनी की सास ख़ुश हो गई और बोली, "बहू आज तो काफी महुवा इकट्ठा हो गया है। मैं आज ही भट्टी लगाने की तैयारी करती हूँ। मैं आज बहुत खुश हूँ तेरी समझदारी से, पर तू क्यों मुँह लटकाये हुए है ?"

"क्या अम्मा! दीदी कह रही थी कि शहरों में कोई नई बीमारी आ गई है। मुंबई में तो लोग मर भी गये हैं इससे। पता नहीं, वो कैसे होंगे चडीगढ़ में ? आजकल चिट्ठी आदि तो कोई लिखता नहीं। बड़ा मन कर रहा है, उनसे बात करने को। अम्मा चलो किसी के यहाँ से बात करा लाओ।"

"बहू कहाँ जायेगी ! किसके सामने मन की बात करेगी ! अच्छा बता, कितने का आता है मोबाइल ?"

"अम्मा ये तो महंगे और सस्ते दोनों होते हैं। मेरे मायके में तो मेरा भाई पन्द्रह सौ का लाया था।"

"अच्छा! इतने में आ जायेगा ? ले पन्द्रह सौ रुपये कोई बाजार जाए तो मँगवा लेना। पर हाँ, कल का ध्यान रखना। जैसे आज गई थी, कल भी जल्दी जाना महुवा चुनने। भगवान ने चाहा तो मैं कुछ पैसे भी देशी ठर्रे से कमा लूंगी।"

"अच्छा अम्मा" कहकर फिर घर के काम में लग गई जुगनी।

मोबाइल के पैसे मिलते ही जैसे पर लग गये हों, हाथों को। जल्दी-जल्दी सारे काम निपटाकर चाय-पानी का इंतजाम किया। फिर बोली, "अम्मा तू कह रही थी कि रमई काका शहर में मास्टर हैं। यदि तू कहे तो मैं उन्हें मिल आती हूँ और यदि वह मान जाते हैं तो उन्हीं से मोबाइल मगवा लेती हूँ।"

सास ने "ठीक है बेटा" कह कर अपनी स्वीकृत दे दी। बेटा जैसा शब्द सुनकर जुगनी का मन गदगद हो गया। उसने झटपट कपड़े बदले और घूँघट डाल गली में निकल गई। थोड़ी दूर चलते ही रमई काका का पुरवा आ गया। वह शहर जाने को तैयार थे। मोटर साइकिल तैयार थी। जिसे देख वह समझ गयी और मन ही मन बोली यदि थोड़ा और देर हो जाती, तो आना बेकार हो जाता। बरामदे में घुसकर दरवाजे की सांकल हिला दी। अन्दर से आवाज आई, "कौन, रुको आता हूँ।"

जुगनी के अन्दर आते ही काका बोले, "बेटा पहचाना नहीं तुम्हें। तुम कौन हो?"

"काका मैं चंदा की घरवाली जुगनी हूँ।"

"कहो कैसे आना हुआ?"

"काका एक विनती थी यदि हो सके तो, मेरे लिए गाँव आते समय, कोई सस्ता-सा मोबाइल ले आना। ये पन्द्रह सौ रुपये, कमती-बढ़ती मैं शाम को दे दूँगी। आप शाम को कब तक आते हैं?

ऐसा करना ६ बजे तक आना! मैं आज ही लाने की कोशिश करूंगा। एक बात बता बहू, चंदा की माँ कैसी है? चंदा आजकल कहाँ है? कहीं बाहर है क्या?"

"हाँ काका, वह चंडीगढ़ में कमाने गये थे। मैं बहुत परेशान हूँ। सुना है शहर में कोई बीमारी फैली है।"

"हाँ-हाँ पंजाब, चंडीगढ़ में कोरोना महामारी फैल रही है। वहाँ कर्प्यू लगा दिया है सरकार ने। बड़ी चिंता की बात है, पर तू हौसला रख। मुझे देर हो रही है। शाम को बात करेंगे।"

राम कुमार (रमई) के निकलते ही, वह तेज कदमों से घर लौट पड़ी। पर कितनी डर गई थी वह, रह रहकर अपने को कोसती जा रही थी। मति मारी गई थी मेरी, मैंने ही उन्हें शहर भेज दिया। ज्यादा समय भी नहीं था। गेहूँ गदरा रहे थे। बीस-पच्चीस दिन में कटनी पड़ने वाली थी। बहुतेरा काम मिल जाता गाँव में। मुझे क्या मालूम था कि भगवान इतना बवंडर कर देंगे।" इसी उधेड़बुन में कब घर आ गया पता भी न चला। घर आते ही, अपने कोठरी

में जा पड़ी और सिसक-सिसक कर रोने लगी। इतने में अम्मा की आवाज आई, "दे आई पैसा काका को ?

हाँ अम्मा कहकर फिर चुप हो गई। बहू की चंचलता में गरहन (ग्रहण) लगता देख अम्मा चिंतित हो गई।" क्या बहू, क्या हुआ बड़ी गुमसुम सी है तू।"

"कोई बात नहीं अम्मा। सासु की उम्र व उनके बेटे के प्रति प्रेम को जानती थी वह। इसलिए यह सोचकर चुप रही। शाम को बात करा दूंगी- माँ बेटे की, बुदबुदाने लगी।

दिन कब बीत गया, जुगनी को पता भी न चला। पाँच बजते ही वह बोली, "अम्मा मैं रमई काका के घर जाऊँ मोबाइल लेने ?"

जाना तो पड़ेगा, पर क्या तू अकेले जा पायेगी, कहीं रात हो गई तो।

हाँ वह तो है।

"अच्छा तू ठहर, मैं भी चलती हूँ तेरे साथ। रमई भैया से भी मिल लूँगी और बाहर खेत सीवान भी देख लूँगी कटनी के लिए।"

सुबह की तुलना में जुगनी की चाल धीमी है। एक तो सासु माँ के साथ रहने से लंबा घूँघट का पट रखने को मजबूरी और दूसरा उनका छड़ी टेक-टेक कर चलना। फिर भी दोनों समय पर पुरवा पहुँच गई थीं। रमई काका के घर का दरवाजा खुला ही था। लगता है कि रामकुमार मास्टर जी अभी-अभी आये हैं।

"क्या काका हम अंदर आ जायें ?" जुगनी ने आवाज दी।

"हाँ-हाँ बेटा आओ-आओ। ये तो बड़ा अच्छा हुआ, भौजी को साथ ले आयी। पांय लागी भौजी" काका ने बोला परन्तु अम्मा को सुनाई न पड़ा। वह कुछ ऊँचा सुनती हैं।

"कहाँ हो रमई भैया ?" अम्मा ने उन्हें तलाशते हुए कहा।

"रुको भौजी, मैं आता हूँ। आप सब के लिए जलपान ले आऊँ।"

उनके आते ही अम्मा ने पूछा, "ले आये भैया मोबाइल ?"

काका ने कहा, "बहू लो अपना मोबाइल। भाई उतने में ही आ गया ? मैंने इसे चार्ज करवा दिया है महीने भर के लिए, रात तक चालू हो जायेगा। हाँ सुबह तू कुछ पूछ रही थी बहू महामारी के बारे में।"

"हाँ काका, कुछ पता है इसके बारे में" जुगनी बोल पड़ी।

"थोड़ा बहुत, यह कोरोना महामारी है। कहते हैं कि चीन से पूरे संसार में फैल गई है। ये खाँसी व बुखार करती है। कभी-कभी सांस में निमोनिया से ज्यादा दिक्कत आ जाने से आदमी मर भी जाता है। यदि कोई छींकते-खाँसते समय रोगी के सामने है तो उसे भी हो सकती है। इसी कारण सरकार सभी को दूर-दूर रहने के लिए बोल रही है। पर कुछ नासमझ लोग इसे अनदेखा कर रहे हैं। इसकी चपेट में आ रहे हैं। हमें भी दूर-दूर रहना है और अपने आस पड़ोस में ध्यान रखना है कि किसी को खाँसी-बुखार तो नहीं है। ज्यादा अच्छा है मास्क पहनें। पंजाब में विदेशी भारतीय बहुत हैं। इसलिए वहाँ ज्यादा खतरा है, इसके बढ़ने के। पंजाब में सबसे पहले लॉकडाउन (तालाबंदी) घोषित किया गया है। परन्तु चंडीगढ़ में नहीं घोषित है। यदि चंदा वहीं है तो उससे बात करना। अच्छा अब तुम दोनों वापस जाओ, नहीं तो रात हो जायेगी।"

काका के कहे शब्द जुगनी के कानों में चुभ रहे थे। वह अपने आपको कोसते जा रही थी। उसे गुमसुम देख अम्मा ने पूछा, "बहू रमई भैया, क्या बता रहे थे ?" मैं ठीक से सुन नहीं पाई।"

"क्या बताऊँ अम्मा पंजाब में कोई खतरनाक बीमारी फैल गई है। अभी-अभी तो वह गये थे, काम धन्धा मिला कि नहीं ?"

"मैंने तो उसे बहुत रोका था, पर आजकल के लड़के माँ-बाप की बात मानते ही कहाँ हैं। शांत रह भगवान सब ठीक करेगा।"

"हाँ अम्मा, अब उन्हीं का सहारा है।" इधर अम्मा भी चिंतित हो गयी। उसकी चाल और धीमी हो गयी। एक तो बड़ी उम्र, दूसरे बेटे की चिंता। कई जगह तो गिरते-गिरते बची। जुगनी उन्हें सम्हालते हुए किसी तरह घर पहुँचा पायी। सास-बहू दोनों थकान से कम, चिंता से ज्यादा परेशान थीं। दोनों अपनी- अपनी खाट पर जा पड़ीं।

जुगनी की शादी इसी नवम्बर में हुई थी। शादी के बाद थोड़े ही दिन हुए थे कि वह मायके चली गई। अपने सासु माँ के अनुरोध पर चंदा उसे होली तक मायके में रहने देने के लिए राजी हो गया था। वनांचल में पहली होली का त्यौहार नई नवेली दुल्हन के लिए कुछ खास होता है। सब तरफ होली के माहौल से उत्साह भरा होता है। जुगनी का मन बहुत खुश था परन्तु बिना पिया के कैसी होली ? वह बार-बार चंदा की बात करती। माँ उसे चिढ़ाती, ज्यादा मत बहक, मैंने दामाद जी को न्यौत दिया है। वे होली में आ रहे हैं। इतना सुनना था कि दोनों हाथों को फैला, मस्त होकर गा पड़ी, "होलिया में उड़े गुलाल मंगेतर के.. होली

आई और दोनों ने हर तरह से रंग-अबीर लगा-लगा एक दूसरे को सरोबार कर दिया। पर ऊपर-ऊपर से रंग लगने से क्या, जब तक अंदर से प्यास न बुझे, कैसी होली! जुगनी, जल्दी-जल्दी काम निपटा, मेहमानों को खाना खिला फारिक होना चाहती थी। क्यों न चाहे, आज जी भरकर पिव के अंतर्मन को प्यार से भिगोने का अवसर मिला है। फिर वह घड़ी आई।

दोनों ने खूब बातें कीं। भविष्य के सपनों में रंग भरा। उस दिन दिल का हर कोना गुलाबी हो गया। कब दोनों सो गये, एक दूसरे का खबर न लगी।

जुगनी रात की मादकता से उबरते हुए माँ के काम में हाथ बटाने लगी। काम करते - 2 माँ से बोली - वह मुझे ले जाना चाहते हैं। माँ ने अपनी सहमति दे दी। नाश्ता हुआ। सब तैयारी हुई दोपहर के खाने के बाद दोनों घर के लिए निकल पड़े। रास्ते में जुगनी चंदा से खूब पैसा कमाने, मनपसंद चीजें खरीदने आदि को प्यार-प्यार में व्यक्त किये जा रही थी। चंदा हर बात में अपनी सहमति दिये जा रहा था। एक दो दिन में ही चंदा ने चंडीगढ़ जाने की इच्छा व्यक्त कर दी जिसे माँ ने नई-नई शादी है कहकर नकार दिया। रात में जुगनी ने अम्मा की खूब सेवा की। उनके पैर दबाये और बार-बार चंदा से परदेश जाने की विनती की। धीरे-धीरे अम्मा को नींद आ गई सुबह उठने पर बहू ने फिर बात छेड़ी तो माँ ने हाँ कर दी। इस घड़ी का जुगनी को कब से इंतजार था। चंदा को भेजने में वह सफल हो गई थी पर आज इसी बात को लेकर अपने को कोस रही है। यदि कुछ हो गया तो मेरा क्या होगा? इसी उधेड़बुन में रात के नौ बज गये। जल्दी-जल्दी अम्मा के पास आई और बोली, "अम्मा, क्या बनाऊँ?" कुछ नहीं बहु, थोड़ा दूध हो तो दे दे बस।"

अम्मा के लिए दूध गर्म कर रही ही थी कि मोबाइल में एस.एम.एस आने की घंटी बजी। फिर क्या था, जुगनी उतावली हो गई। दौड़ते हुए वह अपनी कोठरी में गई और उस कागज को तलाशने लगी जिसपर चंडीगढ़ का फोन नम्बर लिखा था। थोड़ी तलाश करने पर कागज मिल गया। वह खुश होकर नम्बर मिलाने लगी। यह फोन नम्बर रामू के मोबाइल का था जो रिश्ते में चंदा के फूफा का लड़का था। यह चंदा से उम्र में छोटा था फिर भी बड़ी इज्जत के साथ जुगनी बोली, "रामू भैया, तुम्हारे भैया हैं वहाँ?"

"कौन?"

"मैं जुगनी, तुम्हारी भाभी।"

क्या चंदा भैया से बात करनी है?

हाँ करा दो भैया।"

उधर से हैलो सुनते ही, जुगनी बोल पड़ी, "कैसे हैं आप? मेरा तो कलेजा फटा जा रहा है। आपकी तबियत तो ठीक है न?"

जुगनी को घबराया देखकर, चंदा सब समझ गया और बोला, "मैं ठीक हूँ, यहाँ अभी कोरोना बीमारी नहीं फैली है। पंजाब में कर्फ्यू लग गया है पर चंडीगढ़ में नहीं। मुझे काम मिल गया है एक कारखाने में। महीने के अंत तक पगार भी मिलेगा। मिलते ही कुछ पैसे भेजूँगा। अम्मा का ख्याल रखना, फोन रखता हूँ।"

मोबाइल कितना जरूरी है, उसे आज समझ आया। दूर रहने वालों के लिए बड़ा सहारा है यह। आज रात उसे ठीक से नींद आयी। सुबह तड़के वह महुवा चुनने फिर पोखर पर पहुँच गई थी। वहाँ झिनकी पहले ही पहुँची थी। दोनों बहनें मिलते ही बातें करने लगीं- "जुगनी आज बड़ी खुश है तू।"

"हाँ दीदी कल उनसे बात हुई। वह चंडीगढ़ में ठीक हैं। वहाँ बीमारी भी नहीं फैली है। पगार भी मिलने वाली है। मुंबई में जीजा का क्या हाल है?"

"पता नहीं" झिनकी ने उत्तर दिया।

"पता नहीं क्या! तुम्हें उनका मोबाइल नम्बर याद है?"

"हाँ," झिनकी बोल पड़ी।

"लो बात करो "कह कर जुगनी ने फोन झिनकी की तरफ बढ़ा दिया।

तू रुक, सुबह होने दे, तब तक महुवा बीन लेते हैं। आज फिर दोनों ने खूब महुवा इकट्ठा कर लिया। महुवे का टोकरा रखकर बैठ गयीं दोनों। झिनकी ने नम्बर दिया। जुगनी ने नम्बर मिलाया और अपना परिचय देते हुए कहा कि लो झिनकी दीदी से बात करो।

आज झिनकी घबराई हुई थी। हाथ कांप रहा था फिर भी, अपने को सम्हालते हुए कहा, "हेलो, आप कैसे हैं?"

"मैं तो ठीक हूँ, पर यहाँ हालात खराब हो रहे हैं? सरकार ने ताला बंदी (लॉकडाउन) का आर्डर निकाल दिया है फैक्टरी बंद हो गई है। सभी जहाँ है, वहीं रहें, इसकी घोषणा हुई है। मैं तो परेशान हो गया हूँ। फिर भी तुम मत घबराना। सब ठीक हो जायेगा।" इतना कहते हुए फोन काट दिया।

झिनकी फफक कर रो पड़ी।

जुगनी ने चुप कराने के लिए ढांढस बँधाया। दोनों टोकरी को अपने सर पर रख, झिनकी के घर चलीं। थोड़ी ही देर में घर पहुँच गई दोनों। फिर बात करने लगीं। बात करते-करते देर हो गई। काफी दिन चढ़ आया। झिनकी के शांत होने पर जुगनी अपने घर चल दी। वहाँ जुगनी की सासु माँ परेशान थीं। घर पहुँचते ही वह जुगनी के पास आ गई। उसकी आँखें, जो अभी तक नम थीं, देखकर उसे गले लगा लिया।

"बहू क्या बात है?"

"अम्मा मैं ठीक हूँ, पर झिनकी दीदी बहुत रो रही थीं। मुंबई में महामारी फैल गई है। जीजा है वहाँ। इसीलिए देर हो गई।

"बच्चे हौसला रखो, भगवान ठीक करेगा।" शाम होते ही वह काम काज में लग गयी।

आज उसने बात नहीं की। पर रात में, गाँव में बड़ी खलबली थी। लोग जगह-2 कुछ बातें कर रहे थे कि टीवी में कुछ समाचार आया है कि पूरे देश में 21 दिनों तक लॉकडाउन की घोषणा हुई है। क्या है यह लॉकडाउन, यह सोचकर वह रात भर परेशान रही। सुबह - 2 नियत समय पर दोनों बहनें महुवे के पेड़ों के नीचे पहुँच गईं। थोड़े हाल चाल के बाद, दोनों ने महुआ बीना और अपने - 2 मौनों में भरकर चारों ओर देखा। "अरे ये क्या! आज तो औरतें बहुत कम हैं। कुछ उधर भी बात कर रही हैं। चलो पूछते हैं क्या बात है?

अरे बहन क्या हुआ? आज बहुत कम आई हैं। आप लोग?"

"तुम्हें पता नहीं, लॉकडाउन हो गया है इसीलिए। हम सबके घरवाले बाहर हैं। वह कह रहे हैं, बाहर मत निकलना, बीमारी लग जायेगी। पता नहीं कौन सी बीमारी है कि दौड़ती फिरती है चारों ओर। यदि नहीं निकलेंगे तो कैसे होंगे खेती बाड़ी के काम। गेहूँ भी पक चुका है। उसे भी काटना है। चलो महुवा बीनने की कोई बात नहीं, पर गाय गोरु, खेती-पाती तो बिना बाहर निकले न होगा।"

यह सुनते ही जुगनी ने अपने पति का हाल बताया। यह सुनते ही झिनकी हिल गयी।

चंदा दिन में घर से बाहर रहता है। रामू अलग काम करता है। अत: बात करना मुश्किल था। यह सोचते हुए रात की प्रतीक्षा करने लगी।

रात को फोन की घंटी की बजी। इधर से जैसे जुगनी ने हैलो कहा; उधर से चंदा के रोने की आवाज आने लगी। वह रोये जा रहा था।

"क्या हुआ, आप ठीक तो हैं?" जुगनी ने पूछा।

"मैं ठीक हूँ, पर हमें नौकरी से निकाल दिया है। 21 दिनों के लिए फैक्टरी बंद हो गयी है। पैसा कब मिलेगा पता नहीं। मेरे पास कुछ नहीं है। कैसे रहूँगा, कैसे खाऊँगा, कुछ पता नहीं है। जो पैसे तुमने दिये थे वह यहाँ आने में, कुछ जरूरी चीजें खरीदने में ही खत्म हो गये थे। रामू से 500 रुपये उधार लिए थे वह भी खत्म हो गया। सोचता हूँ कि घर वापस आ जाऊँ!"

इतना सुनते ही जुगनी रोने लगी और चुप ही नहीं हो रही थी। बहुत समझाने पर वह चुप हुई और कहने लगी, "मुझे माफ कर दो। मैंने ही तुम्हें परदेश जाने को कहा था। देखो यदि ठीक नहीं हो पा रहा है तो घर वापस आ जाओ, माँग जाँच कर।"

"अच्छा मैं देखता हूँ।" कह कर फोन काट दिया।

इतना सब होने के बाद भी जुगनी ने अम्मा को कुछ नहीं बताया। मन ही मन जलती रही। कामकाज में मन नहीं लगता था पर झिनकी से बातकर मन हल्का हो जाता। इसी कारण रोज सुबह महुवा चुनने चली जाती थीं दोनों। आज तो औरतें और कम हैं। चलो उधर देखते हैं।

"बहिन आज तो बहुत कम हैं आप सब।"

"तुम्हें पता नहीं! कल पुलिस और कुछ अफसर गाँव में आये थे। गाँव में, वह कह रहे थे कि हमें भी घर से बाहर नहीं निकलना है, नहीं तो कोरोना हो जायेगा। पता नहीं क्या है यह कोरोना भरोना।"

"मेरे उनकी तो नौकरी छूट गयी है बहिन" जुगनी ने कहा और रोती हुई अपना टोकरा लेकर चल पड़ी।

रास्ते में वे दोनों चुप रहीं, कुछ न बोलीं। फिर झिनकी का घर आते ही टोकरा रख एक दूसरे के गले लगकर दहाड़ मार कर रोने लगी। बड़ी देर तक यथावत रहने के बाद फिर संभल पाईं और जुगनी चल पड़ी। घर पहुँचकर फिर मनहूसियत छाई रही। अम्मा अपनी बहू के बरताव से परेशान थी। पर वह माँ से कुछ न कहती। अगले दिन सुबह सब तरफ सूना-2 था। जीपों से उद्घोषणा हो रही थी कि अपने घर में ही रहें। इसका उल्लंघन करने पर सख्त कार्यवाही होगी। इतना सुनने के बाद, जुगनी ने अम्मा को सब बात बताई और चंदा के हालात बताए। इतना सुनते ही माँ रोने लगी और बहू से लिपट कर उसे कोसने लगी।

इधर चंदा को कुछ सूझ नहीं रहा था। उस जैसे कितने मजदूर सड़कों पर जमा हो गये थे। पुलिस उन्हें समझा रही थी कि घर में ही रहें। बाहर ट्रेन, बस सब बंद है। आप लोग कहीं न

जा पायेंगे। आपकी व्यवस्था होगी। कृपया रुकें, जहाँ हैं वहीं रहें। पर चंदा को कुछ अच्छा नहीं लग रहा था। वह शीघ्र अपने गाँव लौटना चाह रहा था। यह सोचते-सोचते उसके कदम आगे बढ़ते जा रहे थे। शहर के बाहर निकलने पर उसी के इलाके का एक रिक्शे वाला मिला जो गाँव लौट रहा था अपने रिक्शे पर। उससे बात कर-चंदा को हिम्मत आ गई। दोनों में बात हुई फिर 1000 किमी. की लम्बी यात्रा पर निकल पड़े।

इन दिनों रोज जुगनी फोन लगाती पर कोई बात न हो पाती। चंदा के पास अपना फोन न था। एक दिन, दो दिन का ऐसे करते-करते 10 दिन बीत गये। जुगनी रोज महुवा चुनने जाती। दोनों बहनें बात करतीं। महुवे का चूना बंद हो गया पर उन दोनों का आना बंद नहीं हुआ है। आज दोनों घर लौट रही हैं कि दूर सिर पर कुछ रखे हुए, एक आदमी आता दिखा। दोनों ठिठक कर रुक गयीं और उसे बड़ी तन्मयता के साथ देखने लगीं। जैसे-जैसे वह पास आ रहा था, उसकी चाल-ढाल चंदा जैसे लगती जा रही थी। जुगनी के दिल की धड़कनें भी बढ़ती जा रही थीं। पास पहुँचने पर झिनकी बड़े जोर से चिल्ला पड़ी-अरे ये तो चंदा जीजा हैं, इतना सुनते ही जुगनी उस तरफ दौड़ पड़ी। पास पहुँचते ही ठिठक कर रुक गई।

ये क्या, कैसी हालत हो गई है, मेरे पिव की। वह मूर्तवत खड़ी हो गयी। उधर चंदा ने सामान थैला फेंक कर जुगनी को बाहों में भर लिया। दोनों रोये जा रहे थे। झिनकी ने दोनों को अलग किया और पास में ही स्थित अपने घर ले जाकर पानी और चाय पिलाया।

इधर गाँव के प्रधान को पता चला कि चंदा बाहर से आया है। उसने प्रशासन को सूचित किया। चंदा व जुगनी घर पहुँचे ही थे कि स्वास्थ्य विभाग के लोग पुलिस के साथ आ पहुँचे। उन्होंने सारी जानकारी ली। फिर बोले आपने बहुत गलत किया है। अपनी जान पर खेलकर आने की आवश्यकता न थी। चंदा के सब बताने के बाद वह संतुष्ट हुए और फिर तीन मास्क देकर यह कहकर चले गये कि आप 14 दिन तक अपने परिवार के सदस्यों से दूरी बनाते हुए एक कमरे में मास्क लगाकर अकेले रहना। इसी में आपकी और आपके घर वालों की भलाई है। माँ ने चंदा को गले लगाया और उसे नहाने व कपड़े बदलने के लिए कहा। पूरे परिवार ने राहत की साँस ली। चंदा घर पर पहुँच गया, पर उसके व जुगनी के बीच 14 दिनों का इंतज़ार अभी बाकी था। सभी काले रंग के मास्क लगाये एक-दूसरे को देख रहे थे। जुगनी मन ही मन भगवान को धन्यवाद दे रही थी। रात हुई, चंदा की बिस्तर पर, और जुगनी की जमीन पर सोने की व्यवस्था हुई। रात में दोनों बात करते रहे। सारे रास्ते की कहानी

सुनते- 2 सुबह हो गई। सुबह अपने - 2 मुँह पर लगे ढोके (मास्क) को देखकर जुगनी हँसने लगी और बोली। कैसा है कोरोना नासपीटा न दिखता है, न मिलता है! पर हमें इंसान से जानवर बना कर मुँह में जाम लगवा दिया। काली माँ तेरा नाश करें कोरोना नासपीटा। फिर दोनों गले लगकर हँसने लगे। माँ भी आनंद से मुस्करा पड़ी।

सुनते- 2 सुबह हो गई। सुबह अपने - 2 मुँह पर लगे ढोके (मास्क) को देखकर जुगनी हँसने लगी और बोली। कैसा है कोरोना नासपीटा न दिखता है, न मिलता है! पर हमें इंसान से जानवर बना कर मुँह में जाम लगवा दिया। काली माँ तेरा नाश करें कोरोना नासपीटा। फिर दोनों गले लगकर हँसने लगे। माँ भी आनंद से मुस्करा पड़ी।

परवरिश

गाँव में चारों तरफ एक अजीब-सा सन्नाटा फैला हुआ है। सब दौड़ रहे हैं पर कोई, किसी से कुछ नहीं कह रहा है। पास खड़े एक वृद्ध व्यक्ति से जब राजेश ने पूछा कि गाँव में कुछ हो गया है क्या, तो उसने बताया कि गाँव के मुखिया रामदयाल की स्थिति रात से बहुत नाजुक है। उनका कभी भी देहान्त हो सकता है!

क्या बहुत बुजुर्ग हैं?

हाँ बुड्ढे ने अपनी अच्छी उम्र पूरी कर ली है। होगा कोई 95 साल का।

फिर क्या, ये तो खुशी की बात है। फिर गाँव में इतना उदासी क्यों?

बात तो बेटा, तुम ठीक कह रहे हो परन्तु एक प्रतिष्ठित व्यक्ति, वह भी इन जैसा, यदि ऐसी अवस्था में हो तो दुख की लहर तो होती ही है। सबसे बड़ी बात यह है कि मुखिया के सेवा शुशूषा के लिए पिछले 12 साल से कोई नहीं है। लगभग 12 साल हुए माता जी गुजर गई थीं। दोनों बेटे बाहर हैं। बड़ा बेटा विदेश में रहता है। वह 15 साल से वापस नहीं आया, जब आया था तो साथ में एक विदेशी मेम थी और साथ में 3 साल का एक बच्चा था। कहते हैं, वह मुखिया के बेटे के पहले वाली पत्नी, जो उसे छोड़ चुकी है, उसका बेटा था। जब वे दोनों आये थे तो इस फिराक में थे कि इस बच्चे को यहीं छोड़ दिया जाए। बच्चे के दादा-दादी के लिए इससे बढ़ कर और क्या सुख हो सकता था। हालांकि इतने छोटे बच्चे को माँ बाप से अलग करना था तो गलत, पर इनके बेटे-बहू अपनी करतूत में सफल हुए। मुखिया जी व इनकी पत्नी ने भी ज्यादा विरोध नहीं किया। तभी से वही बच्चा इनके बुढ़ापे का सहारा था।

कल रात से उस अबोध का रो-रोकर बुरा हाल है। आस-पड़ोस वालों ने फोन करवा दिया है दोनों बेटों को, पर सब कुछ ठीक रहे तो भी वह आज नहीं पहुँच सकते हैं। सुना है बड़े ने अपनी असमर्थता व्यक्त की है। उसकी नई बीवी को बच्चा होने वाला है। दूसरे की अपनी व्यस्तता है। वह भी प्राइवेट नौकरी में बड़ी पोस्ट पर है। उम्मीद है कल तक पहुँचे! त्रिवेन्द्रम से आना है उसे। इस पर राजेश ने कहा कि आज के बदलते परिवेश में जब संयुक्त परिवार टूट रहे हैं, न्यूक्लियर परिवार का चलन है, आने वाले दिनों में ऐसी घटनाएं होना, आपके गाँव में भी आम बात होगी।

"चलो छोड़ो, पर बेटा, आप कहाँ जा रहे हो? लगता है इस गाँव के नहीं हो?"

"हाँ आपने ठीक समझा। मैं बाहर का हूँ, पर मेरी पोस्टिंग इस क्षेत्र में ग्राम सचिव के तौर पर हुई है। आज मेरा पहला दौरा है।

तब तो आपका कोई काम, आज तो हो नहीं पायेगा।

नहीं चाचा, मैं तो मुखिया जी से मिलकर गाँव की समस्याओं से अवगत होना चाहता था। पर कोई बात नहीं। वह मेरे दादा के तुल्य हैं। ऐसी स्थिति में उनकी सेवा कर मुझे अत्यन्त प्रसन्नता होगी। क्या आप उनका घर बताएंगे? यदि समय हो तो, कृपया मुझे वहाँ तक पहुँचा देते!

"बेटा मैं चलता अवश्य, पर मेरा मुकदमा है आज। मुझे तुरन्त निकलना है। आप ऐसा करो, ये गली जो सामने दिख रही है, उसी से सीधे जाओ। आगे जाकर दायें तरफ, पूर्व में एक बहुत बड़ा-सा दुवारा है और सफेद हवेली है। वही है मुखिया का घर।"

राजेश धीरे-धीरे आगे बढ़ा। कुछ ही मिनटों में मुखिया जी के घर के सामने था। घर के सामने के प्रांगण में सैकड़ों व्यक्ति मौजूद थे। मुखिया की अंतिम सांसें चल रही थीं। कोई घर में से दान हेतु अनाज ला रहा था, कोई उनके मुँह में गंगा जल डालने हेतु तलाश कर रहा था। सब उनकी अंतिम सद्गति के लिए दौड़ रहे थे। पास में पन्द्रह-सोलह साल का एक गोरा बच्चा बैठा हुआ था। वह बार-बार मुखिया जी को चूम-चूम कर रोये जा रहा था। राजेश को समझने में देर न लगी कि यही वह बेटा है जिसका बाहर बूढ़े ताऊ जिक्र कर रहे थे। एक बाहरी व्यक्ति के प्रवेश करते ही सबकी निगाहें उनकी तरफ मुड़ गईं। वहीं खड़े प्राइमरी स्कूल टीचर ने उन्हें नमस्कार किया और सबसे परिचय कराया।

गाँव के नये सचिव हैं, जानकर विनय अपने को संभालते हुए अभिवादन करते हुए तेज-तेज फफक कर रोने लगा। गंगा जल मुँह में पड़ते ही मुखिया की अंतिम सांस पूरी हुई। सब सन्न रह

गये। कुछ देर स्तब्ध रह कर फिर से दौड़ भाग शुरू। सभी का यही कहना था कि अंतिम यात्रा की तैयारी की जाए। बेटे आयेंगे तो सही, नहीं तो पोता दाह संस्कार के लिए है ही!

विनय ने कभी ऐसी घटना नहीं देखी थी। उसके लिए सब कुछ नया था। उसकी आँखों से अशु की अविरल धारा बह रही थी और रुंधे हुए गले से जो लगभग बैठ सा गया था, बाबा-बाबा के शब्द आ रहे थे।

राजेश को आश्चर्य था कि बच्चे ने एक बार भी मम्मी-पापा का नाम नहीं लिया। बेचारा उनका नाम लेता कैसे? अपने होश में इन रिश्तों को महसूस तक नहीं किया था। सारे गाँव वासियों ने दाह संस्कार की सारी तैयारी कर ली। इंतजार करते-करते शाम के चार बज गये। पूरा गाँव सुबह से भूखा-प्यासा पड़ा था। समाज की तरफ से शीघ्र दाह संस्कार का दबाव था। सभी का निर्णय हुआ, अब और इंतजार नहीं! गर्मी का मौसम है, लाश को रात भर संभालना मुश्किल होगा। मुखिया के नजदीकी रिश्तेदार, जो भी हो उन्हें बुलाओ, बोलो ले चलें। हम सब है ना। दूसरे गाँव से आये मुखिया जी के सालों के लड़के तथा पट्टेदार के दो भतीजों ने अर्थी को कंधा दिया। गाँव के पोखर पर स्थित शमशान में चिता बने गई। सभी गणमान्य व्यक्तियों की उपस्थिति में छोटे से बच्चे ने अपने प्यारे दादा को मुखाग्नि दी।

राजेश कभी भी इतने नजदीक से किसी के अंतिम संस्कार में सम्मिलित नहीं हुआ था। छोटे से बच्चे को सफेद नई धोती पहनाई गई थी। उसका यज्ञोपवीत अब तक नहीं हुआ था, पर दादा के संस्कार व सद्गति के लिए आचार्यजी ने उसे जनेऊ पहनाया। मिट्टी के घड़े को कंधे पर रख जब वह चिता के चक्कर लगा रहा था, सभी की आँखें भर आयी थीं। बड़ी मुश्किल से राजेश खुद को रोक सका, पर बच्चे ने समस्त प्रक्रिया पूर्ण कर जब अपने दादा को मुखाग्नि दी तो सबके मुँह से एक साथ निकल पड़ा कि मुखिया के बेटे कितने अभागे निकले जिन्हें बाप के अंतिम दर्शन भी नसीब नहीं हुए। ऐसी संतान का क्या? इस दाह संस्कार में रनकपुर के सारे वासिन्दे तो थे ही, आसपास वाले गाँवों के लोग भी उपस्थित थे।

समस्त प्रक्रिया पूरे होते-होते अंधेरा हो चुका था। सभी लोग अंतिम अरदास के बाद जा चुके थे। लगभग साढ़े आठ बजे, छोटे बेटे रघु पहुँच सके। दरवाजे पर पहुँचते ही फफक-फफक कर रो पड़े। पर किससे अपनी पीड़ा बांटे? पापी पेट ने मरते बाप के दर्शन तक नहीं होने दिये। रघु भी पिछले काफी दिनों से घर नहीं आया था। भतीजे के गले में पड़ी अंतिम क्रिया की सफेद पट्टी देखकर रोने लगा तथा गले से लगाते हुए बार-बार रो-रोकर कहने लगा, "विनय तू बड़ा भाग्यशाली है। तू ही पापा का बेटा कहलाने का अधिकारी है। भगवान तुझे लम्बी उम्र दराज करें।"

विनय रघु को ठीक से पहचानता तक नहीं था पर सबके परिचय कराने पर कि तेरे चाचा हैं, उसे कुछ सहारे का अनुभव हुआ।

रनकपुर गाँव में अभी भी पुराने रीति-रिवाज प्रचलित थे। बड़े तन्मयता के साथ आचार्य के निर्देशों का पालन किया गया। पौराणिक मान्यताओं के अनुसार हर दिन पिण्ड दान, घट में पानी डालना, शाम को सड़क पर दिये जलाना, पुण्यात्मा को स्नानोपरान्त तर्पण तथा प्रत्येक दिन भोज समर्पित करना आदि प्रक्रिया पूरी की। कभी-कभी रघु बच्चे को देखकर महसूस करता था कि इतना छोटा बच्चा इतने गंभीर कार्य कैसे कर लेता है। मन ही मन बड़े भाई के लिए बोलता, देव तू कितना अभागा है, जो इस हीरे को तूने तथा भाभी ने त्याग दिया। 2-3 साल के बच्चे को छोड़कर चला गया। लेकिन जो होता है, अच्छा ही होता है। आज विनय गाँव में न होता तो पापा को मुखाग्नि कौन देता, उनकी लाश अनाथों जैसे दूसरों पर आश्रित होकर पड़ी रहती। यह सोचकर विनय को अपने से लिपटा लिया।

दसवें दिन शुद्ध होना था, सभी लोग अपने-अपने केशदान कर रहे थे। रघु भी असमंजस में था कि क्या करे, बाल कटाये कि नहीं। सभी बड़ों के कहने पर उसने बाल कटवाये परन्तु विनय ने एक अच्छे समर्पित उत्तराधिकारी के रूप में सारी औपचारिकता बिना झिझक पूरी की। अगले दिन महापात्र का भोज था। आचार्यगण के आदेशानुसार सारी तैयारी की गई। रघु ने सारे सामान की व्यवस्था की। सभी संतुष्ट थे।

अंतिम तेरहवें दिन, तेरहवीं हेतु तेरह ब्राह्मण भोज की व्यवस्था हेतु समस्त वस्तुएं जुटानी थीं। रघु जब सारी लिस्ट बना बाजार चलने लगा तो विनय घर के अन्दर गया और बाहर निकल कर 10000 रुपये चाचा के हाथ में रखते हुए बोला, "चाचा ये दादा जी ने सम्हाल कर रखे थे। उन्होंने बीमारी के समय बोला था कि इससे तू मेरा अंतिम संस्कार करना। मुझे अपने बेटों पर बिलकुल विश्वास नहीं है। पता नहीं, वे आते भी हैं कि नहीं। पर आप आ गये, मुझे बहुत अच्छा लग रहा है। आप इन पैसों को शामिल कर लीजिए। इसके साथ ही अपने स्कूल के नाम अंकित एक लिफाफे को देते हुए बोला, "चाचा ये मेरे स्कूल से मिली मेरी छात्रवृत्ति के पैसे हैं। आप इनसे समस्त ब्राह्मणों के लिए छाता ले आना। दादाजी को छाता बहुत प्रिय था।"

"पर बेटा तुम पैसे अपने पास रखो। मैं छाता ले आऊँगा।"

विनय आँखों में आंसू भर कर बोला, "नहीं, मुझे अब इनकी कोई आवश्यकता नहीं है, अब मेरे चाचा जी जो मिल गये हैं।"

इतना सुनते ही रघु की आँखें डबडबा आयीं। इतनी छोटी सी उम्र में, इतने उच्च विचार। मन में प्रसन्नता हो रही थी, पर साथ ही साथ एक नई, अतिरिक्त जिम्मेदारी का एहसास भी। बहुत मना किया रघु ने पर विनय एक भी न माना। उसने रोते हुए, लिफाफे को चाचा की जेब में ठूस दिया। रघु लाख चाह कर कुछ न बोल सका। बस इतना ही मुँह से निकला, "धन्य है रे तू! मेरा कुल तुझे पाकर गौरवान्वित हो गया है।"

सारे रिश्तेदार, जवाँर के मानद लोगों की उपस्थिति में आचार्य वर्ग ने तेरहवीं की प्रक्रिया सम्पन्न करायी। ग्राम सचिव राजेश व प्राथमिक विद्यालय के अध्यापक गण भी उपस्थित थे। क्यों न हों, गाँव के विकास तथा शिक्षा प्रसार में मुखिया जी का बहुत योगदान था।

शाम को विदा होते हुए दोनों रघु से हाथ जोड़कर विनती करते हुए कहने लगे, "रघु भैया, विनय बड़ा होनहार है, पहली कक्षा से लेकर नौवीं कक्षा तक हमेशा प्रथम स्थान पर रहा है। 10वीं की परीक्षा दे चुका है। मुझे पूर्ण विश्वास है अच्छे ग्रेड से ही पास होगा। विद्यालय इसे कभी भी छोड़ना नहीं चाहेगा। पर ये बेचारा किसके सहारे रहेगा यहाँ। हम दोनों की विनती है कि इसके पिता के मिलने तक, आप इसकी अच्छी परवरिश करें तभी मुखिया जी द्वारा की गई परवरिश से इस बच्चे में अंकुरित संस्कार फलफूल सकेंगे।"

तेरहवीं के बाद सभी मेहमान अपने-अपने स्थान चले गये। इतनी बड़ी हवेली में मात्र दो लोग बचे। रघु को अपना बचपन याद आ गया। माँ-बाप के साथ हम दोनों भाई, इतने सारे नौकर-चाकर, चारों तरफ से यह हवेली कितनी भरी लगती थी। पर आज कितने दिनों से इसकी पोताई तक नहीं हो पाई है। जगह जगह मरम्मत की आवश्यकता है पर उच्च पद पर प्राइवेट नौकरी की व्यस्तता, घर में बच्चों की जिम्मेदारी, सबको देखते हुए तत्काल कुछ कर पाना मुमकिन न था। रघु की पत्नी जो बच्चों की देखरेख के लिए केरल में ही थी, वह भी विनय को लेकर चिंतित थी। दोनों में काफी विचार-विमर्श के बाद यह तय हुआ कि विनय भी बाकी शिक्षा रघु के साथ रहकर पूरी करेगा। यदि बड़े भाई इसे ले जाते हैं तो ठीक नहीं तो कोई बात नहीं।

विनय भी रघु के परिवार का हिस्सा बन गया। उसके दायित्व बोध से चाचा चाची बहुत प्रसन्न थे। विनय स्कूल में पहले की तरह ही अव्वल आता था। बारहवीं के उपरान्त आई.आई.टी. में प्रवेश के लिए सफल हुआ। पर अपनी उम्र के अन्य बच्चों से विनय एकदम अलग था। उसमें वर्तमान पीढ़ी में व्याप्त बुराइयां बिलकुल न थीं। जिस किसी से मिलता सच्चे दिल से! वह झूठ फरेब से दूर, निर्मल हृदय का स्वामी था। उसके इस स्वभाव ने उसे स्कूल में तथा आई.आई.टी. मुंबई में सबका चहेता बना दिया। जब भी अच्छे व्यवहार व संस्कारों की बात होती, विनय का

नाम आता। 12 वर्षों में दादाजी ने अपनी परवरिश से उसमें सभी अच्छे संस्कार डाले थे जिनमें सच्चाई का साथ देना व बड़ों का आदर करना प्रमुख था। दादा-पोते की संगत से विनय में उपजे संस्कार इस बात को एक बार फिर मजबूती से स्थापित कर चुके थे कि संस्कार हमेशा पहली पीढ़ी से तीसरी पीढ़ी में स्थानान्तरित होते हैं न कि दूसरी पीढ़ी में।

विनय में ये संस्कार उसके दैनिक कार्यकलाप से लेकर लोक व्यवहार में झलकते थे। इसीलिए कॉलेज में उसके बड़े चाहने वाले थे।

बच्चे की सफलता की गूँज उसके पिता देव तक पहुँचती थी। पर वह नई पत्नी के दबाव में अपनी भावना व्यक्त नहीं कर पाता था। जब विनय ने पूरे आई.आई.टी. मुंबई को टॉप किया तो उससे रहा नहीं गया। उसने इंडिया आने का प्लान बना लिया। रघु को फोन करते हुए बोला, "रघु मैं विनय की बाकी उच्च शिक्षा अमेरिका में कराना चाहता हूँ। यहाँ उसे अच्छी यूनिवर्सिटी में एडमीशन मिल जायेगा। जरा उससे बात करके देखो।"

रघु ने समय देखकर विनय से बात की। पर विनय ने साफ मना कर दिया और बोला, "चाचाजी, आई.आई.टी. किसी मामले में अमेरिकन इंस्टीट्यूट से कम नहीं है। मेरा ग्रेड स्कोर बहुत अच्छा है। मुझे एम.टेक. में यहीं प्रवेश मिल जायेगा। अच्छी खासी छात्रवृत्ति भी मिलेगी।"

रघु ने देव से कहा, "आपका बेटा बड़ा जज्बाती है। पिताजी के गुण उसमें कूट-कूट भरे हैं। आपने व हमने कितनी कोशिश की कि वे हमारे साथ आ जायें पर पिताजी ने गाँव नहीं छोड़ा। फिर भी आप चिंता न करें, मैं सम्भाल लूँगा। हाँ एक बात है, विनय एक लड़की से प्यार करता है। वह भी बड़ी मेधावी है। गाँव की रहने वाली है तथा सामान्य किसान परिवार से है। हमें नहीं लगता, वे लोग हम सब के समकक्ष हैं। आप होशियार रहना, पर मैं इसमें नहीं पड़ूँगा। अब आप ही उसे संभालना। पर चिन्ता की कोई बात नहीं है। पहले आप भारत आओ, उससे मिलो, फिर देखा जायेगा।"

"देव ने कहा, दीपावली पर आ रहा हूँ। मिलते हैं।"

दीपावली में सारा परिवार साथ था। गाँव की हवेली पूरी तरह मरम्मत व व्हाइटवॉश के बाद चमक गई थी। पूरे उल्लास के साथ गाँव में रघु व देव की दीवाली मनी। सब तरफ रघु व देव की सम्पन्नता का डंका पिटने लगा। देव पूरे एक महीने के लिए इंडिया आया था। इतने दिनों टैक्सी, दरवाजे पर खड़ी रही। देव ने अपने बेटे विनय की भावनाओं का सम्मान रखा। हर तरह से उसकी चाहतों का ख्याल रखा। बीच-बीच में देव के पुराने मित्र भी आ जाते। कुछ दिन बाद रघु का परिवार वापस केरल चला गया। पर देव व विनय गाँव में ही रहे। इसी बीच देव के कॉलेज के समय का एक मित्र अपने परिवार सहित मिलने आया। उसकी दो बेटियाँ थीं। उनकी

इच्छा थी कि बड़ी बेटी की शादी विनय से हो जाये। रिश्ता अच्छा था। पर विनय ने अपना दिल तो किसी और को दे रखा था। जब इस प्रस्ताव पर देव ने विनय की इच्छा जाननी चाही तो उसने मना कर दिया।

उसने कहा, "पापा अभी हमें शादी नहीं करनी। मैं अभी एम.टेक. करूँगा। अच्छी तरह से सेट होने के बाद ही शादी के बारे में सोचेंगे।"

देव विनय की दलीलों के सामने टिक न सका। तीन साल निकल गये। आज विनय अच्छे पद पर इंजीनियर है, पर पिता की इच्छा उसकी शादी करने की है। उधर विनय भी अपने प्यार को अपने पिता से मिलाना चाह रहा था। जहाँ बाप अपनी हैसियत के अनुकूल रिश्ता चाह रहा था, वहीं विनय अपने बहु प्रतीक्षित प्यार को अंजाम तक पहुँचाना चाहता था। दोनों में बात हुई। कई दौर बात हुई। अंत में संस्कारी विनय ने पिता की इच्छाओं का सम्मान किया।

मित्र की लड़की मुंबई में पली-बढ़ी अल्ट्रा मॉडल लड़की थी। उसमें संस्कारों के नाम पर तो कुछ नहीं पर व्यसनों के नाम पर सब कुछ था। पब, डिस्को में जाना उसकी शान थी। बाप बेटे में फोन पर बात होती। बेटे की व्यथा देव से छुपी न थी, पर परवरिश के दोष को उसमें धोने की ताकत न थी। फिर वही हुआ जो नहीं होना चाहिए था-डाइवोर्स! दोनों अलग-अलग। ऑफिस में इतनी जिम्मेदारी, उस पर मानसिक पीड़ा। सब अस्त व्यस्त, कुछ भी ठीक नहीं।

देव से न रहा गया। पर क्या करे। देव फिर इंडिया आया। बेटे का घर बसाने की कोशिश की। विनय का पहला प्यार, अब भी इंतजार कर रहा था, पर देव का गुरूर नर्म नहीं पड़ रहा था। भागदौड़ कर उसने फिर एक एनआरआई की लड़की से विनय की शादी करवा दी। वह लड़की तो पहले वाली से भी आगे थी। आये दिन विदेशों से उसके अनेकानेक ब्यायफ्रेंड शादी के बाद भी आते। घर में ही शराब-कबाब का अड्डा बन गया। विनय जैसा संस्कारी व्यक्ति जिसकी परवरिश में भारतीय सभ्यता की गरिमा तथा महानता रोम-रोम में व्याप्त थी, उसे यह सब सहना पड़ रहा था।

एक दिन विनय ने पिता देव को बिना बताये घर छोड़ दिया और डाइवोर्स का नोटिस भिजवा दिया। मन की पीड़ा कम करने के लिए विनय लम्बे अवकाश पर गाँव चला गया। उधर रघु से देव को सारी दास्तान का पता चला। देव तुरन्त इंडिया आया व सीधे गाँव गया।

देव को लगा कि विनय ने अपने प्यार के साथ शादी कर ली और गाँव में साथ-साथ रह रहे हैं। विनय की गर्लफ्रेंड जो उसका पहला प्यार था, अच्छे पद पर सरकारी नौकरी में थी। पर पिता का गुरूर अब भी अपने आप को रोक नहीं पा रहा था।

आते ही देव गुस्से में बोला, "पिताजी ने यही संस्कार दिये थे तुझे, बिन ब्याही औरत को घर में रखे हुए है। तुझे लाज शर्म कुछ है कि नहीं? मेरी इज्जत तूने पानी में मिला दी। मुझे कहीं मुँह दिखाने लायक नहीं छोड़ा। एक बार बात तो कर लेता, पर तुझे क्या। तुझे मेरी इज्जत का फलूदा जो करना था। अपने दोस्त को क्या जवाब दूँ। अपने नालायक बच्चे को मैं नहीं सम्भाल सका।" गुस्से में देव जितना भी अनाप-शनाप कह सका, कहे जा रहा था।

जब विनय से न रहा गया तो बोला, "पिताजी बस, अब आगे और कुछ मत बोलना। मैंने अपना प्यार, अपनी चाहत आप को बताई थी, पर आपने अपने मन की पूरी की। मेरी भावनाओं की कोई कद्र आपने नहीं की। अपनी पसन्द की लड़की मेरे मत्थे मढ़ी। उसका चरित्र देख खुद तलाक दिलवाया। दूसरी शादी करवाई वह भी संस्कार शून्य। उसकी परवरिश में इतने खोट होंगे, मुझे सपने में भी अनुमान नहीं था। उसके साथ मैं कैसे रहता था यह मैं ही जानता हूँ! आपको अपनी दोस्ती की पड़ी है, मेरी कोई चिन्ता नहीं। ये औरत, जिसे आप कोस रहे हैं, यह मेरा प्यार है। बस आपको मंजूर नहीं है। आपका अभी जितना स्वार्थ बाकी है, वह भी पूरा करने का अधिकार मैं आपको देता हूँ। वह मेरे दुख से दुखी हो, यहाँ मुझे संभालने आयी है। वह अभी भी मेरी बीवी नहीं है, पर एक बात बताओ, आप कैसे बाप हैं? जो न तो अपने बेटे की भावना समझता है, न ही अपनी सोच के अनुसार अच्छी परवरिश के साथ पली- बढ़ी लड़की तलाश सकता है। आपके अन्दर संरक्षक के कोई गुण दिखाई नहीं पड़ रहे हैं।

आपने मेरी परवरिश नहीं की है। मेरे दादाजी ने मेरी परवरिश की है। उनसे मुझे संस्कार मिले हैं जो सिखाते हैं, अपनों को जिंदगी भर के लिए अपनाओ, कपड़े जैसे नहीं कि पुराने हुए फेंक कर नये पहन लिए। अब मुझे माफ करें। यदि आपसे हो सके, मेरे प्यार को मुझे अपनाने दें, जिससे मैं भी अपने परिवार में एक अच्छे संस्कार के बीज, जो मुझे दादाजी से मिले हैं, बो सकूँ। हाँ, एक बात और, आने वाली कार्तिक पूर्णिमा को मैं, अपने प्यार से शक्ति मंदिर में शादी कर रहा हूँ, यदि हो सके तो आशीर्वाद देने अवश्य आना, प्रणाम।

केहि कारण ए नाचत गदहा

"आओ-आओ नेता जी, बैठो न" राघव ने कहा।

नेताजी का मन पहले से मचल रहा था, कुछ कहने के लिए, पर "कौरे के चारों ओर जगह न देखकर बोले, "प्रधान जी, जगह तो बनाओ बैठने के लिए।"

इस पर भीड़ में से आवाज आई, "कितना बुरा समय चल रहा नेताजी आपका, जिधर आओ जगह ही न मिल पा रही है।"

यह बात नेता जी के दिल को छू गयी। "ठीक कह रहे हो बेटा, न तो पार्टी टिकट दे रही है, न ही तुम लोग बैठने की जगह।"

इतना सुनते ही प्रधान जी ने तपाक से कहा, "रमेश जा, नेताजी के लिए चाय बनवा ला, थोड़ा मेरे लिए भी।"

वह तुरन्त चाय लाने चल पड़ा और इस तरह नेता जी को बीड़ा मिल गया बैठने लायक।

नेताजी के बैठते ही, कौरे पर माहौल बदल गया। वह खेती किसानी से राजनीति पर मुड़ गया। क्यों न मुड़े, विधान सभा के चुनाव की घोषणा जो हो चुकी है। सीटों के बंटवारे का दौर चल रहा है।

नेताजी के संयत होते ही राघव यादव जो वर्तमान प्रधान हैं, ने कहा, "अब क्या करेंगे, जो सूची है उसमें तो आपका नाम नहीं है। क्यों नहीं, पार्टी छोड़ सपा में चले आते हैं? आप तो ब्राह्मण वर्ग से हैं जिन्हें सभी पार्टियां अपने पुराने सोशल इंजीनियरिंग टूल, 'सर्वजन हिताय, सर्वजन सुखाय,' में धार लगाते हुये तलाश रही हैं। कांग्रेस भी समाज के प्रभावशाली लीडर की तलाश

में है। हालांकि उनके महासचिव नेताओं को न तरजीह देकर नेत्रियों को महत्व दे रही हैं। वैसे आपकी सोहबत में भाभीजी ने नेतागीरी के सारे हथकंडे सीख तो लिए हैं ना ? आजकल नेताओं के परिवार नेतागीरी में हर तरह से प्रवीण दिखते हैं। चाहे प्रधानी का चुनाव हो, चाहे विधायकी और चाहे सांसदी। कोई अपने पारवारिक अधिकार नहीं छोड़ना चाहता।"

जैसे-जैसे राघव अपनी बात कहते जा रहे थे, वैसे-जैसे नेताजी के दिमाग की बिजली दौड़ती जा रही थी। कुछ बोलने से पहले पूरे माहौल का जाएजा लिया कि कहीं कोई विपक्षी तो नहीं है बैठा है जो बाद में बात का बतंगड़ बना खेल और खराब कर दे। पूरी तरह आश्वस्त होकर बोले, "प्रधानजी, समाज की रंगत हर जगह एक जैसी है। पार्टियों के आलाकमान इससे अछूते नहीं हैं। इनमें भी एहसान फरामोश होने की बीमारी है। आपको तो सब पता है कि किस तरह हमने सांसदी के चुनाव में पार्टी का अपने धन-जन से मदद की थी। जनता की सेवा में भी कोई कोर-कसर न छोड़ रखा था, फिर भी कुछ शीर्ष नेताओं की सोच जाने क्या चाहती है हमसे ?"

इस पर कौरा ताप रहे असगर अली ने कहा, "आप नहीं समझ पा रहे हैं कारण, लेकिन सारा क्षेत्र समझ गया है कि आपको टिकट क्यों नहीं दिया जा रहा है।"

प्रधान जी ने टोकते हुए कहा, "क्या कह रहा है असगर ? तू कब से राजनीति को समझने लगा।"

"प्रधान जी, बात यह है कि नेताजी अच्छे इंसान हैं। इनकी इंसानियत ही इनकी दुश्मन बन गई इस बार! आप जरा 2018 में चलिए, जब मामूली रोड एक्सीडेंट ने विवाद का रूप ले लिया था। इस एक्सीडेंट में एक भाजपा कार्यकर्ता के बाइक के चपेट में आकर एक स्थानीय मुस्लिम निवासी का बेटा घायल हो गया था। लोग हर्जाना माँग रहे थे पर संबद्ध पार्टी अपनी दबंगई के दम पर उनके मुँह बंद कर रही थी। नेताजी ने न्याय का साथ दिया और स्थिति को संभलने में मदद करते हुए उस मुस्लिम परिवार को हर्जाना दिलवाया था। ऐसी ही अन्य घटनाओं ने नेताजी को इनकी पार्टी के मापदंड पर खरा नहीं उतरने दिया है।"

असगर की बातें नेताजी के दिल को छू गईं और वह बोल पड़े, "शायद तुम ठीक कहते हो, मेरे अंदर दोगलेपन की बहुत कमी है। मैंने सदा न्याय के साथ रहने का प्रयत्न किया है।

परन्तु आजकल न्याय कहाँ है नेताजी ?" प्रधान जी बोल पड़े।

पार्टियां अपनी करतूत को पहले स्वार्थ के तराजू पर तौलती हैं फिर आगे बढ़ती हैं। काश! स्थानीय जनता, कंडीडेट्स के पैनल बनाती और पार्टियां उसी में से कंडीडेट चुनतीं तो नेताजी

से अच्छा कोई और कंडीडेट हमारे क्षेत्र के लिए नहीं होता। अपने उल्लू सीधा करने में लगे, इन शीर्ष नेताओं को सामाजिक सौहार्द से क्या लेना देना, यह फसल उनके किसी काम की नहीं। उन्हें तो ऐसी फसल चाहिए जिसे खाकर जनता अपना सुख-दुख भूलकर उनके इशारे पर ट्विस्ट डांस करे।"

"छोड़ो प्रधान जी इन बातों को।"

"कैसे छोड़ें नेता जी, आपने हमारे गाँव के लिए इतना कुछ किया पर हम कुछ नहीं कर पा रहे हैं? कहो तो आलाकमान के पास चलें बात करने। वैसे मैं यादव हूँ पर अभी तक मेरे ऊपर किसी पार्टी विशेष का ठप्पा नहीं लगा है। पहले हम कांग्रेसी थे। बाद में चुप रहना ही ठीक समझा क्योंकि आजकल किसी विरले नेता का दिल बड़ा है। सभी स्वार्थ से प्रेरित अपने दूरबीन से ही सभी का मूल्यांकन करते हैं।"

माहौल गंभीर देखते हुए गोपाल ने कहा, "प्रधान जी कुछ और बात करते हैं, आप सबकी चर्चा ने नेता जी को और दुखी कर दिया है। ताऊ कुछ सुनाओ न।"

"क्या सुनाऊँ बचवा, हम तो ठहरे पुराने ख्याल के। हमारी बातें भी पुरानी हैं, कौन सुनेगा उन्हें?

"नहीं-नहीं, पुरानी बातें, किस्से-कहानियां विवेकपूर्ण व सारगर्भित होती हैं, सुनाइए न।"

"अच्छा चलो बताओ," "केहि कारन ए नाचत गदहा?"

"अरे ये क्या? ये तो पहेली है और आज के परिप्रेक्ष्य में बिलकुल सही है।" प्रधानजी बोल पड़े।

"इसका मतलब आप इस पहेली का उत्तर जानते हैं।"

हाँ आपके ताऊ ने मेरे पिताजी से सीखा है। उन्हीं से, तभी से जानता हूँ।

"बड़ी विवेकपूर्ण पहेली है पर मैं इसका उत्तर नहीं बताऊँगा। ताऊ ही बताएंगे, मैं इसकी व्याख्या करूंगा।" सभी मौन थे। कोई उत्तर न बता सका, तब ताऊ सीताराम ने पहेली को उत्तर, सहित दोहराया-

"केहि कारण ए नाचत गदहा?"

"आगे नाथ न पीछे पगहा।

तेहि कारण ए नाचत गदहा।"

सब उत्तर सुनकर स्तब्ध थे। क्योंकि किसी को उत्तर समझ में नहीं आ रहा था। नेता जी भी न समझ सके इसका मर्म। तब प्रधान जी ने कहा, "समाज में जितने उद्दंड देखे गये हैं, उनमें सबसे खूंखार वही व्यक्ति रहा है जिस पर किसी तरह का सामाजिक व पारिवारिक दबाव नहीं रह जाता है। गधा जो एक पालतू सीधा जानवर है वह भी मस्त होकर दुलत्ती चलाने लगता है जब उसकी नकेल व रस्सी निकल जाती है।"

"राज्य व राष्ट्र के स्तर पर भी ऐसा ही होता है जब शीर्ष नेता पर किसी तरह का कंट्रोल नहीं रहता है। वह राष्ट्र व राज्य द्वारा प्रदान शक्तियों का निरंकुश रूप से दुरुपयोग करता है। इंसान अपनी बुराइयों को सबसे ज्यादा अपने परिवार से छुपाता है। दूसरे अर्थों में सामान्यत: वह अपने परिवार के डर से गलत काम नहीं करता है अर्थात उसके परिवारजन उसकी नकेल व पगहे (रस्सी) का काम करते हैं। संवेदनशील नेता और शासक अपनी जनता को परिवार समझता है परन्तु यदि वह संवेदनहीन हो और उसका अपना परिवार न हो तो ऐसे निरंकुश को कंट्रोल करना बहुत कठिन होता है। वह अपने सनक के खातिर कभी-कभी देश की दुर्गति तक कर बैठता है। ज्यादा कुछ न कह कर आप सबको संकेत में बता रहा हूँ कि हमारे वर्तमान शासकों में कई इसी तरह गधे जैसे नर्तन कर रहे हैं क्योंकि इनमें अधिकांश में मानवीय संवेदना का अभाव है, और कुछ के अपने परिवार भी नहीं हैं जिन्हें उनकी करतूतें मुश्किल में डाल सकती हों।"

प्रधान जी से यह व्याख्या सुनते ही नेता जी अधीर हो गये और बुदबुदाते हुए उठे, "ऐसे में भगवान ही मेरी मदद करेगा और कोई नहीं।"

सभी लोग उठकर अपने-2 घर चल पड़े पर सबके दिमाग में आज की पहेली -

"केहि कारन ये नाचत गदहा ?"

"आगे नाथ न पीछे पगहा,

यहि कारण यह नाचत गदहा।"

गूँजती रही।

रमुवा की ढाबली

जून की चिलचिलाती उमस भरी धूप, उस पर इतना सामान लेकर गाँव की सड़क पर चलना, अंकुर के लिए बड़ा मुश्किल हो रहा था। वैसे तो उसका सूटकेस एकदम मॉर्डन था पर प्यार में दादी द्वारा दी गई वस्तुओं से भारी हो गया था जिस सूटकेस को महानगरीय सड़क व प्लेटफॉर्म पर लेकर चलना इतना आसान रहता था, वहीं उसे लेकर उसका दम निकला जा रहा था क्योंकि उसके पहिये धूल व गड्ढों से भरे देहाती रास्ते पर बेकार हो रहे थे। बस एक ही चारा था उसके पास कि वह उसे उठाकर कंधों पर रख ले, पर बिना आदत के यह कितना कठिन था। मुख्य सड़क लगभग पाँच किलोमीटर दूर थी। अंकुर को वहीं से बस पकड़कर निकटतम रेलवे स्टेशन पर पहुँचना था। गिरते-पड़ते वह सड़क तक पहुँचा पर वहाँ एकदम सन्नाटा था। लगता था सभी लोग दोपहरी गुजार रहे हैं। पर उसकी मजबूरी थी, नहीं तो वह क्यों निकलता इस दोपहरी में। पास ही शीशम के पेड़ के नीचे एक झोपड़ी दिखी। उसने पास से गुजरते एक लड़के से पूछा, "भैया सुनो यहाँ कोई जगह है, जहाँ पानी पीने को मिल जाए।"

"वहाँ देखो, रमुवा की ढाबली है, वहीं बैठ जाओ। वह चाय-पानी की अच्छी व्यवस्था रखता है। अच्छा जमघट रहता है उसकी ढाबली में।"

अंकुर ने मन ही मन भगवान को धन्यवाद दिया। चलो इस संकट से कुछ तो निजात मिली। वहाँ तो हर उम्र के लोग हैं। कुछ चाय पी रहे हैं, तो कुछ धूप के ढलने का इंतजार। उसने भी, एक तिपाई पर बैठते हुए चायवाले से पूछा, "भाई साहब तुलसीपुर की बस कब तक आएगी ?

वह बोला, यहाँ तो बस का कोई टाइम नहीं है। जब बस भर जाती है तो ड्राइवर महोदय चल पड़ते हैं। पर इस गरमी में कौन घर से निकलता है। फिर भी आप चिंता न करो, चार बजे तक

तो आ ही जाएगी। तब तक आप रमुवा की ढाबली की चाय पकौड़ी का आनंद लें। वैसे आप बाहरी लगते हो।

नहीं, हूँ तो यहीं बनकटा का, पर दिल्ली में रहता हूँ। यहाँ मेरे दादा-दादी रहते हैं। मेरे चाचा के लड़के की शादी थी। पापा ने कहा, "इस बार तुम घूम आओ।"

"आपका क्या नाम है?"

"जी रामू।"

"अच्छा तो यह, आपका ही ढाबा है।"

"कहाँ साहब, पढ़ाई-लिखाई पूरी करने के बाद नौकरी-चाकरी मिली नहीं तो यह ढाबली खोल ली। किसी तरह गुजर बसर हो रहा है। वैसे आपने कहाँ तक पढ़ाई की है? मैंने बी.ए. किया है, पर आगे कुछ नहीं कर पाया!"

"क्यों रमुवा! कौन है ये बाबू साहब? परदेसी लगते हैं।"

"हाँ, प्रधान काका। ये पंडित दीनानाथ के पोते हैं। अपने गाँव बनकट्टा से दिल्ली जा रहे हैं। चलो अच्छा हुआ। हम गंवारों के बीच कोई शहरी बाबू तो दिखा। क्या करते हो बचुवा दिल्ली में।"

"मैं सॉफ्टवेयर इंजीनियर हूँ।"

"वह का होवत है?"

रामू ने तुरंत कहा, "यह भी नहीं जानते? अरे, साहब कम्प्यूटर के इंजीनियर हैं। बड़ी अच्छी तनख्वाह मिलती होगी दिल्ली में।"

"हाँ, ठीक ही है।"

"बेटा क्या बताऊँ, मेरे दोनों बेटे धक्के खा रहे हैं, कॉलेज की पढ़ाई पूरी करके। अपना मोबाइल नंबर दे देना। उन्हें दे दूँगा। यदि कुछ नौकरी-चाकरी हो तो बताना।"

तभी दूसरी तरफ जाने वाली एक टैक्सी रुकी। उससे पास के गाँवों के पाँच-छह लोग उतरे। सभी ढाबली में भाग कर आ गए। पूरा जमघट लग गया। कोई पानी माँग रहा है तो कोई चाय। रामू छोटू को बोल-बोल कर सबकी माँगें पूरी करवा रहा है।

थोड़ा पानी पीकर राधेश्याम ने पूछा, "का हो काका, आपके गाँव से इस बार कौन-कौन प्रधानी में खड़ा हो रहा है?"

"क्या कहें बेटा, इस बार हरिजन सीट बन गया है हमार ग्राम सभा। अपना गाँव बड़ी मुश्किल में है। हम लोग तो खड़े नहीं हो पायेंगे। पर किसी न किसी को खड़ा करना पड़ेगा।"

अरे काका, अपने कौनो हरवाहे नौकर-चाकर को खड़ा करवा दो। आपका पूरा 'कंट्रोल' रहेगा।'

"अरे नहीं, मैं इसमें विश्वास नहीं करता। 'अपोजिट' पार्टी लगी हुई है झिनके कोरी को टिकट दिलवाने वह थोड़ा पढ़ा-लिखा है, पर है छटा बदमाश। उसके ऊपर कई चोरी व डकैती के केस चल रहे हैं। हम तो कोई सज्जन आदमी को प्रधान बनता देखन चाहत हैं। देखो क्या होता है। अच्छा राधेश्याम आप कहाँ गये थे ?"

"क्या बतायें - वही दहेज उत्पीड़न का मुकदमा निपटाने। न लेना, न देना पिसे जा रहे हैं। शहरी लड़की चूल्हा-चौका जानत नाहीं, आग खुद लगाये लेत और दूसरन को पीसत।"

"बड़े मक्कार निकले, तुम्हारे समधी लोग।"

"मत पूछो काका, मैं तो अपनी औलाद को कह जाऊँगा, कभी भूल के शहरी लड़की गाँव में न लाना।"

"सुना बहुत भली थी, बहू।"

"हाँ...थी तो अच्छी, पर गाँव के कामकाज न कर पाती थी वह। हम तो दोनों तरफ से लुट गये। बहू भी गई और साले गाँव के दुश्मन, घूसखोर थानेदार से झूठे मुकदमा दर्ज करा दिये। अब देखो का होत है।"

"हाँ बेटा, बड़ी लम्बी प्रक्रिया है कोर्ट कचहरी की। जब से दिल्ली में रेप कांड हुआ है पुलिस फौरन केस दर्ज कर देती है। जबकि पुलिस को सब तरह से छानबीन कर तब मुकदमे तक पहुँचना चाहिए।"

कुछ देर शांति रहने के उपरांत राधेश्याम ने पूछा, "बेटा, आपका क्या नाम है ?"

"जी अंकुर पांडे!"

"अच्छा पांडे के घर के हो। बड़ा अच्छा परिवार है। सुना है, उनका एक बेटा है।"

"हाँ अंकल, वह मेरे पापा हैं।"

"बेटा बताओ, दिल्ली में यह क्या हो रहा है ? जब देखो तब पिछले कुछ दिनों से बलात्कार की बड़ी खबरें आती रही हैं।"

"हाँ अंकल, जो आपने कहा वही सही है ऐसी घटनाएँ पहले भी होती थीं। पर आजकल लोग व मीडिया वाले ज्यादा सतर्क हैं और पुलिस हर केस के पीछे-पीछे भागती फिर रही है। कारण क्या है। अंकल ज्यादा तो मुझे पता नहीं है पर मेरी समझ से गाँव में बढ़ी बेरोजगारी व अशिक्षा ही इन घटनाओं के पीछे है। लोग गाँव से भाग कर शहर जाते हैं। पाँच-पाँच, दस-दस छड़े एक साथ रहते हैं। परिवार होता नहीं है। आदतें खराब होती हैं, फिर जहाँ देखी अकेली औरत जानवर बन गये। इसका इलाज सरकार की साक्षरता में नहीं, अच्छी रोजगारपरक शिक्षा में है। जनता को शिक्षित बनाओ, न कि साक्षर। जिससे लोग अच्छा बुरा समझ सकें। अपने पैरों पर खड़े हो सकें।"

रामू ने पूछा, "इस प्रधानी के चुनाव में बाबा, इस बार सुना है कि बड़ी-बड़ी पार्टियां भी अपनी चाल चलने वाली हैं।"

"हाँ सुनाई तो मुझे पड़ा, पर बड़ी पार्टियों को गाँव की राजनीति से दूर रखना चाहिए। तभी तो कोई मुफ्त में अनाज बांटने की तैयारी कर रहा है तो कोई मुफ्त में कम्प्यूटर। लोगों को बिना सक्षम बनाये और गाँव का बिना परिदृश्य बदले मोबाइल, कम्प्यूटर अनाड़ी बच्चों को दे देने से गलत संस्कार, आदतें ही पनप रही हैं। यह मोबाइल पहले से ही गले में आफत था। गाँव में तमाम लड़के लड़कियों के बिगड़ने के केस हो रहे थे, अब यह कम्प्यूटर। सुना है कम्प्यूटर से बच्चों में नग्न चित्र व एडल्ट फिल्म देखने का प्रचार होगा।"

"बेटा ये इंटरनेट क्या बला है, सुना है मेरे गाँव में इंटरनेट लगने वाला है।"

"अच्छा अंकल, यह तो बड़ी प्रसन्नता की बात है। अब रेल के टिकट, परीक्षा के रिजल्ट, खेती की व जमीन की जानकारी आदि गाँव में ही पा सकेंगे। मैं तो इसी प्रोजेक्ट पर कार्य कर रहा हूँ। पर यह एडल्ट फोटो आदि! सरकार को ऐसी सुविधाओं को नियंत्रित करके इसके गलत उपयोग को रोकने के लिए भी कदम उठाना चाहिए। आवश्यकता खोज की जननी है, कुछ न कुछ रास्ता निकलेगा।"

"अरे रमुवा अंकुर बेटे को एक और चाय पिलाओ।"

"नहीं अंकल, थैंक यू। मेरी बस आने वाली है।"

रामू ने बीच में पूछा, "प्रधान बाबा, अपने गाँव में मनरेगा में कोई काम है ?" "काम तो बेटा हमेशा रहता है, पर अभी बजट न आने से भुगतान नहीं हो पा रहा है।"

"चलो अच्छा है"

राधेश्याम बोल पड़े, "जब से सरकार ने मनरेगा चलाया है कृषि जरूरत के लिए मजदूर ही नहीं मिल पाते हैं। थोड़े दिन ही सही, वहाँ पैसे न मिलने से हम सब को भी मजदूर मिलने की सम्भावना है। नहीं तो बस सब तरह से खेती करना मुश्किल होता जा रहा है।"

इस पर अंकुर ने कहा, "हाँ मेरे दादा भी कह रहे थे इस बार खेत, बटाई पर ही देना होगा। समय पर मजदूर मिलते ही नहीं हैं। फसलों की बुवाई कटाई समय पर नहीं हो पाती है। सरकार को मनरेगा के प्रभाव का अध्ययन कराना चाहिए।

यह सच है कि कुछ पैसे लोगों के पास आ रहे हैं पर गाँव की स्व व्यवस्था का ताना-बाना बिखर रहा है। पहले भी लोग काम करते थे, आज भी काफी हैं, पर गाँव के लोग खेती के काम न करके अन्य काम जो सरकार पैदा करती है, उसे करते हैं। खेती के मुश्किल कार्य को छोड़ आरामतलब हो रहे हैं लोग। कुछ लोग तो बैठे बिठाये पैसे पा रहे हैं। यह दोनों तरफ से नुकसानदायक है। इधर जनता के टैक्स के पैसे का दुरुपयोग, उधर कृषि व्यवस्था चलाने में व्यवधान। सरकार को गाँव में न्यूनतम मजदूरी तय करनी चाहिए। उस पर ही गाँव में श्रमिकों को काम पर ब्लॉक के माध्यम से अपनी पसंद व आवश्यकता अनुसार कृषक मजदूर प्रदान कराए जा सकते हैं। इससे दोनों का फायदा हो सकता है। सरकार के पैसे बचेंगे तथा गाँव की आवश्यकता अनुसार श्रमिक भी मिल सकेंगे। सरकार बचे पैसे से श्रमिकों, कृषकों, कारीगरी की ट्रेनिंग आदि देकर ज्यादा सक्षम बना सकती है। इससे अच्छा काम, अच्छा पैसा मिल सकेगा। सही मायनों में भोजन गारंटी की जगह सरकार को हर ग्रामीण के लिए अच्छी ट्रेनिंग की गारंटी की स्कीम लॉन्च करनी चाहिए। सरकार चाहे तो अपने द्वारा तय की गई मजदूरी दरों में सब्सिडी देकर ग्रामीण श्रमिकों की आर्थिक स्थिति में सुधार कर सकती है।

हम यहां बेकार माथापच्ची कर रहे हैं। जो लूट चल रही है वो ऐसी चलेगी। जो टूट रहे हैं, बिखर रहे हैं, वह टूटते बिखरते रहेंगे। इसी को भ्रष्ट राजनीति कहते हैं। सूत्रधार मौज करते रहें, पात्र पिसते रहें।"

उधर बस आने की आवाज आयी। अंकुर सबको अभिवादन करते हुए, रमुवा की ढाबली की यादें संजोए, आगे बढ़कर बस में बैठ गया। पर ढाबली में हुई ढेर सारी चर्चाओं ने अंकुर के मन-मस्तिष्क को झकझोर कर रख दिया है। उसके मन मचल रहा है, काश! हम इस दिशा में कुछ कर पाते।

बाल की खाल

आओ आओ बुआ, पांय लागूं, कब आयीं ? बहू ने दरवाजा खोलते हुए कहा।

बुआ ने अपने को सम्हालते हुए कहा, "खुश रहो बहू" कल रात ही आई थी। रामू गया था लिवाने।"

"अच्छा-अच्छा, उसके बेटे का नामकरण था शायद।"

कैसे हैं, जच्चा-बच्चा ?

ठीक है दोनों बेटा।

आजकल मुझसे चला नहीं जाता, फिर भी रामू की जिद् तथा बहू का प्यार खींच लाया मुझे। बहू बाकी सब कहाँ हैं ?"

"गोपाल के पापा जमुना पार गये हैं किसी गाँव में। किसी ने रिश्ता बताया था, आते ही होंगे।"

"पर तू बड़ी कमजोर लगे है, क्या बात है ?"

"आपको तो बुआ, सब पता है ! पाँच-पाँच ब्याह लायक लड़कियों की माँ कैसी दिखेगी। बड़ी बेटी तीन साल से घर बैठी है बी.ए. करके। न कोई कहीं नौकरी लगे है, न ही रिश्ता मिले है, जिससे अपनी जिम्मेदारी निभा सकूं। उससे दोनों छोटियाँ भी बड़ी लगने लगी हैं।"

"ठीक कह रही है बहू, मैं समझ सकती हूँ तेरी पीड़ा। मेरे भी तो चार बेटियाँ थीं। पर तेरे फूफा ने ज्यादा देर नहीं होने दी। फटाफट शादी तलाशी और कर दी। आजकल जिस लड़के-लड़की को देखो, शादी को लेकर पहले तो न नुकर करते रहते हैं। बाद में जब समय निकल जावे तो डेपूशन में चले जायें।"

"डेपूशन नहीं, डिप्रेशन बुआ।"

"हाँ वही।" "बेटा सब समय पर अच्छा लगे है। हर बेटी के लिए भगवान ने वर बनाये हैं। पर उन्हें तलाशना तो पड़ेगा। अपने घर वाले को बोल, ज्यादा बाल की खाल न निकाले। 70-75% ठीक रिश्ता मिले, बस कर दे, भगवान का नाम लेके। हर में कुछ अच्छाईयां व कुछ कमियां होती हैं। रिश्ते में मधुरता, सामंजस्य व त्याग से आती है। रूपरंग व पैसे से नहीं।"

एक राज बहुतेरे राजा

आधुनिक दीवार घड़ी में सात बजने की घंटियां बज रही थीं। सभी तरह से सुसज्जित ड्राइंग रूम में प्लाज्मा टीवी के बड़े स्क्रीन पर कार्टून फिल्म देख रहे बच्चे तिरछी आँखों से घड़ी को घूर रहे थे। यह आज कोई नया नहीं था। रोज सात बजने के आसपास ही राकेश घर पहुँचता था। उसे यह बात कदापि पसन्द न थी कि बच्चे पढ़ने के समय पर टीवी देखते रहें। दरवाजे की घंटी बजते ही बच्चे घबराकर रीडिंग रूम की तरफ भागने लगे।

राकेश ने उन्हें रोकते हुए कहा, "क्या भगदड़ मचा रखी है? रुको तुम लोग! आज बहुत बढ़िया खबर है। कल पापा-मम्मी दिल्ली आ रहे हैं।"

शैंकी, रॉकी और रीमा तीनों एक साथ उछल पड़े। दादा-दादी आ रहे हैं। बड़ा मजा आयेगा।

"पापा, दादा जी कब आयेंगे? हम भी उन्हें लेने के लिए जायेंगे।" शैंकी ने कहा।

"कल हम स्कूल नहीं जायेंगे," रॉकी व रीमा एक साथ बोल पड़े।

"नहीं बच्चों स्कूल न जाना ठीक नहीं है। तुम्हारी माँ उन्हें रेलवे स्टेशन से ले आयेंगी।"

सविता बोली, "तुम्हारे पापा ठीक कह रहे हैं। जब तक तुम लोग स्कूल से आओगे, दादा-दादी घर आ जायेंगे।"

"ठीक है, मम्मी, लेकिन अगले दिन हम दादा जी के पास ही रहेंगे।"

"ठीक है बाबा, चलो अपना होमवर्क करो नहीं तो रह जायेगा।"

दो बजे दरवाजे की घंटी बजी। जैसे ही सविता ने दरवाजा खोला, तीनों एक साथ बोल पड़े, "मम्मी दादा-दादी आ गये क्या? कहाँ हैं? मुझे मिलना है।"

"जरा ठहरो, यूनिफॉर्म उतार लो, फिर मिलो!" सविता ने बच्चों को समझाते हुए कहा।

"ठीक है मम्मी!"

कपड़े निकालते ही तीनों एक साथ दौड़े। शैंकी दादाजी से, रीता दादी से लिपट गई। रॉकी ने दोनों के सिर को अपनी बाँहों में भर लिया। बच्चों के कोमल स्पर्श से दोनों आत्मविभोर हो गए। बड़े लाड़-प्यार के बाद बोले, "दादा जी चलो ना ड्राइंग रूम में, हमें कहानी सुननी है।"

इतना सुनते ही सविता बोल पड़ी, "पागल हो गये हो, तुम सब कहीं दिन में कहानी सुनते हैं ? अभी दादा-दादी को आराम करने दो, फिर शाम को कहानी सुनना।"

दिन भर इंतजार के बाद, शाम हुई। सभी बच्चे दादा-दादी के पास पहुँचे और एक सुर में बोले, "दादाजी, कहानी सुनाओ न।"

"कहानी! बड़ी मुश्किल बात है भाई, तुम्हें तो पहले ही बहुत कहानियाँ आती होंगी कॉमिक्स व कार्टूनों की।" "नहीं, हमें तो आपकी कहानी सुननी है", सारे बोल उठे।

"अच्छा ठीक है। तुम सब ठीक से बैठो, मैं अभी कहानी सुनाता हूँ।" और उन्होंने कहानी सुनाना शुरू किया-

कंचनपुरी नाम की एक नगरी थी। जिसके राजा का नाम था राजेश्वर। राजा बहुत न्यायी था। किसी के प्रति कोई अन्याय हो, उसे पसन्द न था। चारों तरफ सुख और वैभव का सागर उमड़ रहा था। ऐसे प्रजा वत्सल राजा को पाकर कंचनपुरी के नागरिक बहुत खुश थे। महाराज राजेश्वर के पिताश्री सर्वेश्वर की एक मात्र संतान राजेश्वर ही हुए। राजेश्वर के बढ़ने पर उनका लालन-पालन राजवैभव के बीच हुआ। बचपन से लेकर अब तक कोई उनके अधिकार क्षेत्र में खलल डालने वाला न था। इसीलिए महाराज राजेश्वर के अन्दर तक यह बात घर कर गई थी कि हम अपने राजकुमारों के लालन-पालन में कोई कमी नहीं रखेंगे। उन्हें सभी तरह की सुख-सुविधा देंगे। इसी सपने के साथ समय बीतने लगा।

काफी प्रतीक्षा के बाद जब महारानी ने तीन सुन्दर पुत्रों को एक साथ जन्म दिया तो महाराज तथा प्रजा की प्रसन्नता का कोई ठिकाना न था। भगवान देता है तो बहुत कुछ दे देता है। सभी राजकुमारों का लालन-पालन शुरू हुआ। राजवैद्य निरंतर उनकी देखभाल में लगे रहते। तीनों बच्चे जन्म के समय कमजोर थे परन्तु समय के साथ सब स्वस्थ हो गये। तीनों की एक जैसी शक्ल, एक जैसा रूप-रंग देख महारानी व महाराज गदगद थे। उनके वात्सल्य से सारा राजमहल पुलकित था। तीनों राजकुमार बड़े होने लगे। उनकी शिक्षा-दीक्षा गुरुकुल में प्रारम्भ हुई। गुरुकुल

के आचार्य ज्ञानेश्वर के अंतर्मन में एक द्वन्द्व उमड़ने लगा। ये तीनों राजकुमार कुशाग्र बुद्धि थे। अस्त्र-शस्त्र में एक समान पारंगत थे। कोई किसी से किसी मायने में कम नहीं था। यह खुशी की बात थी परन्तु महाराज राजेश्वर को तीनों राजकुमारों में से एक श्रेष्ठ युवराज घोषित करने हेतु मंत्रणा देनी थी। यह कार्य अत्यन्त दुष्कर था परन्तु परम्परा तथा मौलिक आवश्यकता को देखते हुए इस अत्यन्त महत्त्वपूर्ण कर्तव्य का निर्वाह तो करना ही था।

राजकुमारों की शिक्षा-दीक्षा पूर्ण हुई। सुबह दीक्षान्त समारोह था। रात भर आचार्य को नींद नहीं आई। किसे श्रेष्ठ घोषित करें ? यह निर्णय नहीं हो पा रहा था। अंत में उनकी अन्तरात्मा ने यही निर्णय किया कि हम तो तीनों को श्रेष्ठ कहेंगे। आगे महाराज का फैसला। आचार्य की इस घोषणा के उपरान्त आचार्य की चिन्ता महाराज के अन्दर प्रविष्ट हो गई। किसे युवराज घोषित करें, यह सोच कर महाराज परेशान रहने लगे। तीनों की उम्र बराबर, प्रकृति ने तीनों को हर तरह से एक जैसा बनाया है अत: शायद प्रकृति की यही मंशा है कि मैं तीनों को युवराज घोषित कर दूँ। तीनों अच्छे हैं तो अनिष्ट की संभावना कहाँ है ?

समय बीतता गया। महाराज राजेश्वर ने अपनी ढलती उम्र देख, नये राजा का राज्याभिषेक करने का निर्णय कर लिया। तीनों का कंचन नगरी के राजा के रूप में राज्याभिषेक हो गया। जब तीनों राजा थे तो तीनों के पास समान नियंत्रण वा अधिकार था परन्तु प्रजा की इस व्यवस्था से परेशानी बढ़ने लगी। राजा स्तर की व्यवस्था तीन गुनी हो गई। प्रजा की चिंता उचित थी। नियंत्रण एक के हाथ में ही होना उचित रहता है। जहाँ नेतृत्व नहीं, वहाँ विकास नहीं। इस बात से किसी को इंकार न था परन्तु यहाँ यह कैसे लागू हो, यह किसी के समझ नहीं आ रहा था। सब समय पर, जो सबसे बड़ा निर्णायक है, पर छोड़ दिया गया।

समय बीतता गया। राज्य व्यवस्था जर्जर होने लगी। अनुशासन खत्म हो गया। तीनों की महत्त्वाकांक्षा अलग-अलग होने के कारण एक निर्णय नहीं हो पाता था। सभी को ऐशोआराम चाहिए। प्रजा का ध्यान किसी को नहीं। सीमाओं की रक्षा हेतु नियुक्त सेना कमजोर होने लगी। उनके अस्त्र-शस्त्र साजो-सामान पुराने व बेकार हो गये। नागरिक प्रशासन कमजोर पड़ने लगा। राजधानी में राज प्रासाद के अतिरिक्त अन्य आवश्यक कार्यकलाप ठप्प होने लग गये। प्राकृतिक आपदाओं से निपटने हेतु बनायी गई व्यवस्था लगभग खत्म हो चली। नगर को बाढ़ से बचाने हेतु बनाया गया बाँध जर्जर हो गया। उसमें जगह-जगह दरारें आ गयी थीं। किसी भी राज्य व्यवस्था का स्वास्थ्य स्तर वर्षा ऋतु निर्धारित करती है। जीर्ण-शीर्ण व्यवस्था के कारण प्रजा वर्षा ऋतु में परेशान रहती। सब सहते जा रहे थे। एक साल अत्यन्त वर्षा हुई। नगर के

किनारे बहने वाली नदी में बहुत बड़ी बाढ़ आयी। नगर की सुरक्षा हेतु बनाये गये बाँध में दरार के कारण पानी नगर में घुस गया। तमाम व्यक्तियों की असामयिक जानें गयीं। बहुत से घर व सम्पत्ति नष्ट हो गई। वर्षा रुकी, बाढ़ खत्म हुई परन्तु राज्य की आर्थिक स्थिति जर्जर हो गयी। प्रजा का विश्वास राजा से हट गया।

समय उचित देख, पड़ोसी राजा जिसकी पुरानी दुश्मनी थी, कंचन नगरी पर चढ़ाई कर दी। नेतृत्व विहीन राज्य होने के कारण कोई सुदृढ़ व्यवस्था न थी। हालात ये थे कि सेना का एक बड़ा हिस्सा लेकर एक राजा अपने ससुराल चला गया था। जो बाकी सेना थी उसका कुछ हिस्सा लेकर दूसरा राजा शिकार खेलने चला गया। तीसरा राजा बाकी सेना के साथ विलास में संलग्न था। धीरे-धीरे राज्य के एक-एक नगर को पड़ोसी राजा जीतता जा रहा था। दुर्गों में नियुक्त किलेदारों को कोई मदद नहीं मिल रही थी। इस तरह से राज्य का अधिकांश हिस्सा कब्जा करने के बाद दुश्मन ने राजधानी पर धावा बोल दिया। हालात स्पष्ट थे। बची-खुची सेना उनका मुकाबला न कर सकी परन्तु विलासिता में व्यस्त राजा किसी तरह जंगल में भागकर जान बचाने में सफल हो गया। वहाँ शिकार पर गया दूसरा राजा हालात जान कर डर गया। दोनों राज्य की रक्षा हेतु वापस नहीं आये तथा वहीं से तीसरे राजा के ससुराल में जो अन्य पड़ोसी राज्य में थी शरण ली।

सारा वैभव खत्म हो गया। दूसरे के अन्न-वस्त्र पर आश्रित होना पड़ा। सभी एक दूसरे पर दोषारोपण कर रहे थे कि तुम्हारे कारण राज्य नष्ट हुआ। एक दिन समस्या का हल निकालने हेतु ससुर राजा ने मंत्रणा हेतु सभी भाइयों को बुलाया। उनसे पूछा, "क्या तुम लोगों को अपने पतन का कारण समझ में आया ?"

पर वे चुप रहे। उनकी चुप्पी देख कर ससुर राजा ने कहा, "तुम्हारे पतन का कारण था नेतृत्व का अभाव।" किसी राज में एक को ही राजा होना चाहिए था परन्तु तुम्हारे यहाँ तो एक राज बहुतेरे राजा थे। किसी की कोई जिम्मेदारी नहीं। काम करने वाले अभाव से ग्रस्त, नाकारा लोग वैभव व साधन सम्पन्न, कोई प्राथमिकता नहीं और स्वार्थ का बोलबाला था। यह सब इसीलिए कि राजा की प्रथम जिम्मेदारी जो प्रजापालन है, किसी ने नहीं की। सब अपने इर्द-गिर्द मौजूद चाटुकारों की सेवा में जुटे रहे। यदि तुम्हारे पिताश्री तुम्हारे प्यार में किसी एक को राजा नहीं बना पा रहे थे तो उचित यही था कि उन्हें राज्य के तीन हिस्से करने के उपरान्त ही तुम्हारे राज्याभिषेक करने चाहिए थे। अभी समय है, तुम अपने-अपने राज्य को पुनः स्थापित करो। उसे सुदृढ़ करो। पूरी जिम्मेदारी तथा अधिकार के साथ अपने राज्य की स्थापना करो। तभी राज्य चल पायेगा।"

इतना सुनते ही सभी के चेहरे लटक गये। जैसे लग रहा था कि उन्हें अपने तथा अपने पिताश्री के किये पर अत्यन्त ग्लानि थी।

"बच्चों, कहानी का सार समझ में आया?" दादाजी ने पूछा। सभी चुप रहे तो फिर बोले, "इसका सार यह है कि राजा यानि नेतृत्व एक के हाथ में होना चाहिए। तभी राज्य सुचारु रूप से चल सकता है। राज ही नहीं, घर, ऑफिस, कम्पनी, समाज सभी जगह यह सत्य है।"

राकेश की कंपनी का मालिक भी इसी समस्या से पीड़ित था। उसे भी अपने तीनों बेटों को कंपनी में बराबर अधिकार देना था और वह यह तय नहीं कर पा रहा था कि इस समस्या का समाधान कैसे किया जाए और उसने इस संबंध में राकेश से भी मदद माँगी थी। दादाजी की कहानी का सार समझकर राकेश ने अपनी कंपनी के मालिक को उचित राय देकर समस्या सुलझाने को कहा। उन्होंने इस पर धन्यवाद ज्ञापित करते हुए अपनी प्रसन्नता व्यक्त की।

मोह भंग

गाँव में गोधूलि बेला का एहसास, दिनेश को आनंदित कर ही रहा था कि वह घबरा गया। सामने आवारा कुत्तों की टोली खड़ी थी। दोनों भाइयों को देख कुत्ते भौंकने लगे। दिनेश ने छोटे भाई को सम्हालते हुए आगे आने को कहा। जैसे ही दोनों झुंड के पास पहुँचे, एक कुत्ता बुरी तरह से दिनेश के पीछे पड़ गया। दोनों भागे, पर दिनेश के पास सामान होने के कारण वह दौड़ नहीं पा रहा था। वह कुत्ता भी पगला सा गया था। दौड़-दौड़ कर उसके पैर पकड़ने की कोशिश करता। हालात देख कर उसने सामान फेंका और उस कुत्ते से निपटने की पूरी कोशिश करने लगा। कुत्ते ने पायजामे को पूरी तरह फाड़ दिया था, पर छोटे भाई का कहीं अता-पता न था। वैसे तो दोनों वयस्क थे। छोटा भी यदि साथ होता तो वह अकेला कुत्ता कुछ न कर पाता। पर छोटा भाई पूरी तरह भाग चुका था। बड़ी मुश्किल से पास से पत्थर व ईंट के टुकड़े ढेले फेंक कर उसने अपनी जान बचाई। गाँव के लोग भी इकट्ठे हो गये थे और उसे सम्हलने में मदद कर रहे थे। एक बूढ़े ताऊ ने उसे घर ले जाकर, हाथ-मुँह धुलवाये तथा पानी आदि पिलाकर अपने बेटे को बोल बाईक से घर पहुँचाने के लिए कहा। दोनों घर पहुँचे। घर पहुँचते ही माँ को देख, दिनेश माँ से लिपट गया। उसकी आँखों से आंसू बह रहे थे, गला रुँधा हुआ था तथा वह बड़े जोर-जोर से रोये जा रहा था।

माँ ने कहा, "चुप हो जा। कुछ नहीं हुआ तुझे। तू मेरा शेर है।"

पर वह चुप होने का नाम नहीं ले रहा था। पिता को देखते ही माँ बोली, "समझाओ इसे! मैं पानी ले आती हूँ।"

"अरे तू इतना क्यों रो रहा है? कुछ तो बता।" पिता ने पूछा।

“क्या बताऊँ बाबा!”

“आज मेरा मोह भंग हो गया छोटे से। उसने मेरा विश्वास तोड़ दिया है। कुत्ते का तो स्वभाव है भौंकना, पर सगे भाई का स्वभाव तो ऐसा नहीं होना चाहिए! उसे मुझे बचाना चाहिए।” ऐसा कहते हुए फिर से फफक पड़ा और पिता से लिपट गया।

थपकी देते हुए, पिता ने उसे समझाया, “यह मोह भंग तुझे नई सोच देगा। हमेशा अपने आप पर विश्वास रखो, बाकी सब तुम्हारे विश्वास को देख कर ही उचित अनुचित व्यवहार करेंगे।”

नया दौर

आज वेलेन्टाइन-डे है। चारों तरफ चहकते हुए जोड़ों से कनाटप्लेस का सेंटर पार्क भरा हुआ है। अपने-अपने तरह से सब अपने वेलेन्टाइन को रिझाने में लगे हैं। किसी के हाथ में सुन्दर लाल गुलाब है तो किसी के हाथ में गिफ्ट पैक। सेंटर पार्क की सुन्दरता अपने उरोज पर है। फूलों की क्यारियों से भरा-पूरा यह पार्क, वातावरण को और मादक बना रहा है, पर इलबिन के अन्दर अजब तरह की खामोशी पसरती जा रही है। वह अपने इंटरव्यू के दूसरे चरण का इंतजार कर रही है, जिसके होने में अभी सवा घंटे बाकी हैं। पहले चरण में सफल होने की खुशी भी उसके मूड को सुधारने में सफल नहीं हो पा रही है। सफल हो भी तो कैसे! पिछले एक महीने से कितने ही इंटरव्यू दिये हैं, पर बात कहीं न कहीं आकर फंस जाती है। कहीं कम्पनी के ऑड वर्किंग - आवर्स आड़े आ जाते हैं तो कहीं पे। इलबिन अपने माँ बाप से दूर दिल्ली में है। उसे कॉलेज के दिन, आज बरबस याद आ रहे हैं। वे भी क्या दिन थे। सपनों में कितनी उड़ान थी। लगता था, वह इस धरती के कितने चक्कर लगा सकती है, आकाश में कुलाचे भर सकती है। जो भी है, इस जहाँ में, वह सब पा सकती है। उसे बार- बार अपनी वर्तमान पढ़ाई का अंतिम वर्ष ही, ये सब कुछ पाने में रोड़ा लग रहा था। इंतजार खत्म होने वाला था। अप्रैल से अंतिम सेमेस्टर की परीक्षा भी होनी थी।

14 फरवरी 2010 का दिन था। शिलांग पूरे सबाब पर था। पुलिस बाजार का सेंटर प्वाइंट, जो क्रिसमस से ही सजा था, खूब फब रहा था। इलबिन सेंटर प्वाइंट के बसस्टैंड पर बैठ अपने ब्वाय फ्रेंड का इंतजार कर रही थी। वह उसका क्लासमेट था। उसका नाम मैथ्यू था। वह बहुत स्मार्ट था। सुंदरता के साथ-साथ उसमें नई सोच भी थी।

मैथ्यू के पापा शिलांग में मेघालय सचिवालय के स्वास्थ्य मंत्रालय में सेक्रेटरी थे। वैसे तो ये लोग केरल के थे, पर मेघालय कैडर मिलने के कारण शुरू से ही मेघालय में रह रहे थे। मैथ्यू की पूरी पढ़ाई शिलांग की थी। यहाँ तक कि, उसने कॉलेज की पढ़ाई भी शिलांग से पूरी करने की सोच रखी थी।

इलबिन बहुत सुन्दर थी। हो क्यों न, उसके पापा पंजाबी थे तथा एक समय वह शिलांग एयर फोर्स में फ्लाइंग ऑफिसर थे। तभी उनकी शादी हुई थी। इलबिन की माँ शिलांग के एक अच्छे क्रिसचियन परिवार से थीं। देखने में वह अंग्रेजन लगती थी। इलबिन के पापा भी बहुत सुन्दर थे। वह कभी-कभार अपर शिलांग के ईस्टकमाँड से वार्डस्लेक पुलिस बाजार आ जाते थे। वहीं उनकी पहली मुलाकात इलबिन की माँ से हुई थी। उस समय वेलेनटाइन डे आदि का इतना जोर न था पर शिलांग का परिवेश और सौंदर्य तब भी भारत के बड़े शहरों को हर तरह से मात दे रहा था। दोनों के प्यार की निशानी, इलबिन बचपन से अपनी माँ की देखरेख में बड़ी हुई थी क्योंकि पापा का ट्रांसफर होता रहता था। आजकल वह वाइस एयर मार्शल हैं तथा दिल्ली में ही पोस्ट हैं।

पापा के दिल्ली आने से इलबिन के पास अपने कैरियर को मज़बूत बनाने के लिए अनगिनत अवसर थे। पर हर तरफ बहुत कम्पटीशन है। जहाँ भी कोई वैकेन्सी होती, सारी प्लेसमेंट एजेंसियां तमाम बच्चों को कॉल लेटर भेज देती हैं। नतीजा भीषण प्रतिस्पर्धा और फिर वही औसत पे पर ऑफर। वैसे तो इलबिन कॉमर्स में स्नातक तथा पुणे से एम.बी.ए. कर चुकी थी, पर मंदी का दौर होने के नाते उसे उस समय अच्छा ब्रेक नहीं मिल पाया था। पापा एनडीए से थे। माँ नेहू में इतिहास विभाग में प्रोफेसर थी तथा आजकल विभागाध्यक्ष भी थी। एक वरिष्ठ विद्वान प्रोफेसर होने के नाते बहुत पहले से ही वह संघ लोक सेवा आयोग के इंटरव्यू बोर्ड की सदस्य थी।

माँ अपने अनुभव तथा वर्तमान ट्रेंड को समझते हुए इलबिन को सरकारी नौकरी में जाने के लिए प्रेरित करती, पर इलबिन का दिमाग तुरन्त-फुरन्त कॉलेज प्लेसमेंट लेकर सेटल होने में था। पर मैथ्यू पर अपने पापा का अच्छा खासा असर था। स्कूल व कॉलेज में क्वीज़कांटेस्ट, वाद-विवाद प्रतियोगिता हो और वह अव्वल न आये, ऐसा हो ही नहीं सकता था। पूरे शिलांग में वह प्रसिद्ध था। सभी उसे देखते ही कहते, क्या हाल है सॉलिड दिमाग? और क्या विचार है आगे? बस ग्रेजुएशन हो जाए, अंकल, दिल्ली जाकर सिविल सर्विस की तैयारी करनी है। भगवान चाहेंगे तो मैं अवश्य सफल होऊँगा।

आजकल मैथ्यू मुखर्जी नगर दिल्ली में रहकर सिविल सर्विस परीक्षा की कोचिंग ले रहा है। इलबिन व मैथ्यू में, कॉलेज छोड़ने के बाद, जब तब बात हो जाती थी, पर कॉलेज के दिनों का 'इश्क का भूत', वक्त के थपेड़ों से लगभग उतर चुका था। जहाँ इलबिन पिछले दो सालों में पांच से ज्यादा जॉब बदल चुकी थी, वहीं मैथ्यू अब भी कम्पटीशन देने में लगा हुआ था। दोनों को पैसे की कोई समस्या न थी पर ग्रेजुएशन पूरे होने के चार साल बाद भी लाइफ न सेटेल होने का मलाल था। जहाँ मैथ्यू हर बार मेंस क्वालीफाई कर रहा था, पर इंटरव्यू में जाकर अटक जाता था, वहीं इलबिन को हर इंटरव्यू में ऑफर मिल जाते पर वही 15-20 हजार तक, जो आजकल के महंगाई के समय में दिल्ली जैसे शहर के लिए कुछ भी नहीं था। इसी कारण इलबिन परेशान रहती तथा एक अच्छी जॉब जहाँ कम से कम 35-40 हजार तक का ऑफर हो, के लिए कोशिश कर रही थी।

आज भी इसी क्रम में इलबिन प्रयासरत है तथा अपने सपनों की उड़ान में नये पंख लगाना चाहती है। एक ऐसा पंख जो उसे फिर किसी का वेलेन्टाइन बनने का ऑफर दिला सके। वह भी किसी के हाथ से लाल गुलाब तथा रस भरे दो शब्द सुन सके- विल यू बी माई वेलेन्टाइन प्लीज़? आज इलबिन का मन इतना भावुक है कि उसकी आँखें डबडबा रही हैं। वह बार-बार अपनी पीड़ा, आंसुओं को पोंछकर छुपाना चाहती है पर वे हैं कि रुकने का नाम नहीं ले रहे हैं।

इसी बीच नुक्कड़ नाट्य कर्मियों का एक दल गाज़े-बाज़े के साथ सेन्ट्रल पार्क में प्रवेश करता है। उनके हाथ में बैनर हैं, जिसे देखकर इलबिन को समझने में देर न लगी कि ये दल नुक्कड़ नाटक 'नया दौर' का मंचन करने वाला है।"

अरे ये क्या! इस दल में मैथ्यू भी है।" यह कहते हुए इलबिन चीख पड़ी। मैथ्यू को देख, उसकी धड़कनें बढ़ने लगीं। उसे 2010 का वेलेन्टाइन-डे फिर याद आने लगा। जब मैथ्यू ने उसे लाल गुलाब देते हुए प्यार से कहा था 'विल यू बी माई वेलेन्टाइन प्लीज?" और वह 'हाँ' कहने से अपने आप को रोक नहीं पायी थी। वो वह दिन था, जब किसी ने उसे पहली बार स्पर्श किया था। उस स्पर्श से उपजी सिहरन उसे आज भी याद है। कितनी मस्ती की थी दोनों ने। शिलांग में जहाँ सात बजे शाम को बहुत देर माना जाता था, रात नौ बजे इलबिन घर पहुँची थी। इलबिन की माँ को इस बात का भान था कि मैथ्यू के रहते उसे कोई डर नहीं है, पर आज जब मैथ्यू अपनी बाइक से इलबिन को घर छोड़ गया तो माँ ने उसे पहली बार संयम बरतने की शिक्षा दी तथा प्यार के बहाव में बहने से पहले मज़बूत पतवार की व्यवस्था करने की सीख दी। माँ का इशारा एक मज़बूत कैरियर के तरफ ही था।

माँ इलबिन को कितना समझाती कि कम्पटीशन की तैयारी करो। घर पर एक दो घंटे जी.के., इंग्लिश और अखबार आदि पढ़ो। पर इलबिन, माँ की सीख को कभी गंभीरता से न लेती। जब माँ ज्यादा दबाव डालती तो वह कहती, "यू डू नॉट नो मॉम, यह नया दौर है। आजकल सरकारी नौकरी से कहीं अच्छे अवसर प्राइवेट सेक्टर में हैं, जिसमें जी.के., जनरल इंग्लिश आदि रटने की आवश्यकता नहीं, सीधे 50 हजार से एक लाख के ऑफर मिलते हैं। तुम देखना माँ, मैं अपने कैरियर की शुरुआत पापा की सैलरी पर करूँगी। माँ चुप रहती, पर उसे एहसास था कि इतने कम्पटेटिव माहौल में कुछ भी कहना मुश्किल है। हर बच्चे को सभी तरह से तैयार रहना चाहिए। नये दौर में यदि कॉलेज में प्लेसमेंट मिलता है तो ठीक, नहीं तो पारंपरिक नौकरियों के लिए तैयार रहना चाहिए क्योंकि पारंपरिक नौकरी में अच्छी तैयारी से ही सफलता मिल सकती है। जो एक-दो महीनों में नहीं हो सकती है, उस स्तर पर पहुँचने में काफी समय लगता है। पर वह आज के दौर से जिसे एन.टी (न्यू ट्रेंड) कहकर बच्चे पुकारते हैं, की आँधी से स्तब्ध हो जाती थी। दास जी के दोनों बच्चे वेलप्लेस्ड हो गये हैं और आज दो-दो लाख महीने की सैलरी ले रहें हैं। दोनों ने सिम्बासिस पुणे से एम.बी.ए. किया था। इलबिन भी सिम्बोसिस से एम.बी.ए. करना चाहती थी। इसी कारण टाइम और कैरियर लॉन्चर जैसी संस्थाओं से कोचिंग लेकर सफल हुई थी। पर सब कुछ अच्छा होने पर भी आज तक इलबिन को 50 हजार की नौकरी नहीं मिल पायी है।

उपरोक्त सभी बातों की रील इलबिन के दिमाग में चल रही थी, जिसके कारण वह इतनी भावुक भी। पर नुक्कड़ नाटक मंडली में मैथ्यू को देखकर, उसके दिमाग में चल रही बीते दिनों की याद में रुकावट आ गई। वह सम्हलते हुए, घड़ी देखने लगी। मात्र 15 मिनट बचे थे, उसे इंटरव्यू में जाने में, पर वह सेंटरपार्क छोड़ने से पूर्व एक बार मैथ्यू से मिलना चाहती थी जिससे आज का वेलेन्टाइन डे उसे कुछ आशावांतित कर सके। यही सब सोचते-सोचते उसके कदम आगे बढ़ रहे थे।

इलबिन इंटरव्यू ड्रेस में बहुत सौम्य दिख रही थी। वहीं मैथ्यू ड्रामे के कास्ट्युम में कुछ अलग-सा लग रहा था। इलबिन ने धीरे-धीरे, चुपके-चुपके मैथ्यू के पास पहुँच कर पीछे से उसकी आँखें ढक लीं। मैथ्यू एकदम सिहर उठा। उसकी आँखों पर पड़ी कोमल हथेलियाँ कुछ जानी-पहचानी लग रही थीं, पर उसको विश्वास नहीं पड़ रहा था। उसने बड़े प्यार से उन हाथों को हटाया और पीछे मुड़ कर देखा। वह इलबिन को देखकर स्तब्ध था। उसके होंठ फड़क रहे थे। आँखें चंचल पर नम होती जा रही थीं। लेकिन इलबिन, जो उसे अच्छी तरह, काफी देर से देख रही थी, पूरी तरह संयत थी। दोनों कुछ देर एक-दूसरे को देखते रह गये। दोनों ने एक-

दूसरे को बांहों में भर लिया। इलबिन की आँखों से झरते अश्रु मोती उसके कंधों को भिगोते जा रहे थे। मैथ्यू की बाहें इलबिन को कसती जा रही थीं। उधर मैथ्यू के दल के साथी अपनी तालियों से वेलेन्टाइन-डे के इस अभूतपूर्व मिलन पर खुशियां मना रहे थे। तालियों की ध्वनि से दोनों की पकड़ ढीली पड़ी।

मैथ्यू ने अलग होते हुए पूछा, "हाउ आर यू इलबिन ?"

"जस्ट ओ. के.!" इलबिन ने धीरे से कहा।

मैथ्यू- "यहाँ कैसे ?"

"इंटरव्यू देने आयी थी, अभी दूसरे राउण्ड में जाना है! मैं तुम्हारे नाटक को नहीं देख पाऊँगी। मुझे अभी जाना होगा। बस पांच मिनट बचे हैं, पर तुम मत जाना। नुक्कड़ नाटक के बाद सी.सी. डी., एम- ब्लॉक रेस्टोरेंट में इंतजार करना। आई बिल बी फ्री बाई 5 पीएम! आई होप, यू विल नॉट डिच मी" इलबिन ने कहा।

हँसते हुए मैथ्यू ने जवाब दिया, "नॉट ऐट ऑल, यू गो, बेस्ट ऑफ लक।"

इलबिन जा चुकी थी। मैथ्यू भी अपने साथियों को इलबिन व उसके रिश्ते को बताकर संयत हो चुका था। नुक्कड़ नाटक शुरू हुआ। इस नाटक में मैथ्यू का किरदार एक अच्छे पढ़े-लिखे बेरोजगार युवक का था जो अपने अंतर्द्वंद्व व पीड़ा को नाटक के मंच पर व्यक्त कर रहा था। नाटक इतना प्रभावशाली था कि सेंटर पार्क में उपस्थित समस्त युवक व युवतियां कुछ देर के लिए वेलेन्टाइन-डे जैसे माहौल को भूल कर यथार्थ में आ चुके थे, जहाँ पर वर्तमान युवा के लहूलुहान होते हुए पंख की टीस हृदय को पूर्ण रूप से झकझोर चुकी थी। सब नये दौर की सच्चाइयों से सहम से गये थे। पर उन्हें इस बात से संतोष था कि नाटक के नायक के माँ-बाप की तरह उनके माँ-बाप भी उन्हें पूरी तरह सपोर्ट कर उन्हें ऐसे माहौल में संभलने में मदद करेंगे। नाटक खत्म होते-होते चार बज चुके थे। मैथ्यू सभी को विदा कर इलबिन द्वारा नियत रेस्टोरेंट में पहुँच कर उसका इंतजार करने लगा। इंतजार के क्षण कितने कठिन होते हैं, इसका एहसास उसे पहली बार हुआ। रेस्टोरेंट में बैरा बार-बार आर्डर लेने आता, मैथ्यू उसे कुछ देर रुकने के लिए कहता। वह पानी पी-पीकर प्रतीक्षा कर ही रहा था कि इलबिन अन्दर आती दिखी। उसे देखते ही मैथ्यू की आँखों में नई चमक आ गई। उसने आगे बढ़कर इलबिन का स्वागत किया। दोनों एकबार फिर एक दूसरे से गले मिलते हुए सिमट गये। चूँकि आज वेलेन्टाइन-डे था, इस पर किसी को कोई आश्चर्य न हुआ।

मैथ्यू ने धीरे से अपनी शर्ट के अन्दर सीने से लगाये हुए अधखिले लाल गुलाब को आगे बढ़ाते हुए, एक बार आज फिर इलबिन से कहा, "विल यू बी माई वेलेनटाइन प्लीज ?"

इलबिन अपने आपको रोक न सकी और संयत होते हुए मैथ्यू से लिपट गई। दोनों कुछ देर ऐसे खड़े रहे, फिर इलबिन ने यह कहते हुए उसे हटाया, "अब बस भी करो, सब देख रहे हैं।"

"हाँ यार" कहते हुए मैथ्यू सोफे पर बैठ गया। इलबिन भी सम्हलते हुए बैठ गई।

इलबिन के हाथों को अपने हाथ में लेते हुए मैथ्यू ने पूछा, "कैसा रहा इंटरव्यू?" क्या पूछा इंटरव्यूर्स ने ?"

"कुछ खास नहीं, मैथ्यू तुम नहीं समझोगे। तुमने प्राइवेट जॉब के इंटरव्यू फेस नहीं किये हैं ना! ये सब पता लगा लेते हैं? हमारे रेज्यूम से। बस एक ही बात रहती है, कितनी सैलरी लोगे और क्यों ? यदि कोई अपनी इच्छा बताता है तो उसे ग्रिल करते हैं और यह जानने की कोशिश करते हैं कंडीडेट कितना मजबूर है इस ऑफर के लिए! उसी अनुसार सैलरी ऑफर करते हैं।" इलबिन बोलती गई। इस पर मैथ्यू को संतोष न हुआ, उसने फिर पूछा,

"कुछ तो बताओ, क्या पूछा तुमसे।"

"अरे यार क्या करोगे सुन के, मूड खराब हो जायेगा तुम्हारा।" इलबिन ने जवाब दिया।

"ऐसी क्या बात होती है इंटरव्यू में ?" ये कहते हुए उत्सुकता के साथ मैथ्यू ने जानना चाहा।

"जैसी ही मैं अंदर गई, तीनों ने मुझे देखा। मेरे रेज्यूम को देखा फिर बोले- व्हाट इज योर एक्सपेक्टेशन ? मिस इलबिन। जब मैंने कहा कि मुझे अभी 30 हजार मिल रहे हैं और मैं यहाँ कम से कम 10 हजार की वृद्धि के आशा से आई हूँ। तो उन्होंने जवाब दिया. "लेकिन हम इतना ज्यादा नहीं दे सकते! यहाँ बहुत से हैं जो इससे बहुत कम पर काम करने को तैयार हैं।"

"तुमने इतने कम क्यों माँगे ? इतनी योग्यता और दो वर्ष से ज्यादा का अनुभव। इतने में कम से कम 60 हजार की सैलरी होनी ही चाहिए।" मैथ्यू ने कहा।

"तुम नहीं समझोगे मैथ्यू।"

"चलो छोड़ो इलबिन, पर तुमने क्या कहा ?" मैंने उनसे कहा कि आपके जॉब प्रोफाइल - 'वेल क्वालीफाइड, टु इयर मिनिमम एक्सपीरिएंस' डिमाँड करते हैं। उसमें फोर्टी थाउजेंड इज नाट मच! इफ यू प्युपल डू नॉट फाइंड माई जस्टीफिकेशन ओ.के., आई मे नाट ज्वाइन योर कम्पनी।"

फिर उन तीनों ने कहा, चलो बाहर वेटिंग लॉन्ज में इंतजार करो। हम अभी बताते हैं। फिर मैं बाहर आ गई। पूरे 15 मिनट के बाद, उन्होंने मुझे बुलाया और कहा, "यस, वी आर एग्रीड, बट दियर इज सम कण्डीशन! यू विल नाट पुट एनी हर्डिल फॉर टू एयर्स लाइक मैरिज इटसेटरा, यू अंडरस्टैंड, व्हाट वी मीन?" इलबिन ने खीझते हुए मैथ्यू से कहा।

"अरे ये तो बहुत गलत है। वे ऐसा कैसे कह सकते हैं?" मैथ्यू बोल पड़ा।

"क्यों नहीं वे नौकरी देने वाले हैं। जो चाहे शर्त रख सकते हैं। मैंने तो हाँ कह दी है। शायद अगले हफ्ते में मुझे पुणे में ज्वाइन करने का ऑफर मिल जाये।" खुश होते हुए इलबिन ने कहा।

"क्या बात करती हो! वहाँ अकेले कैसे रहोगी?"

"क्या कहूँ मैथ्यू, मैं बहुत परेशान हूँ।"

"मम्मी-पापा मेरे भविष्य को लेकर बहुत परेशान हैं। उनका मुझपर शादी करने का बहुत दबाव है। पापा अपने रिटायरमेंट से पहले, मेरी शादी कर देना चाहते हैं। मैं चाहती हूँ, एक हाइक और मिल जाये। कम से कम 50 हजार के पास सैलरी पहुँच जाए तो ठीक रहे। यहाँ अभी तो 40 हजार के ही लाले पड़े हैं।" यह कहते हुए इलबिन दिल खोल कर अपने द्वंद्व मैथ्यू के समक्ष व्यक्त कर दी।

इतना सुनते ही मैथ्यू बोल पड़ा – "कही देखा है लड़का? कौन है? क्या करता है? कहाँ का है? कितना कमाता है?

"बस-बस इतने सारे प्रश्न, मैं इनका उत्तर नहीं दे पाऊँगी। वैसे ऑफर बहुत हैं। पर हर किसी में कुछ न कुछ चैलेंजेज है। किसी में हाऊस वाइफ बनने की शर्त! किसी में शहर बदलने की शर्त! किसी में इनलॉज़ के साथ रहने की शर्त! मुझे तो कुछ समझ में नहीं आ रहा है। चलो छोड़ो, तुम अपनी कहो। कहाँ हैं अंकल आंटी?" कहते हुए मैथ्यू को देखने लगी।"

वे दोनों शिलांग में ही हैं। पर लग रहा है, जल्दी ही पापा डेपुटेशन पर दिल्ली आ जायेंगे।" मैथ्यू यह कहते हुए चुप हो गया।

"अरे हाँ, तुम्हारी जॉब का क्या चल रहा है?" मैं मुख्य बात तो पूछना ही भूल गई।

"बस, मत पूछो यार! तीन प्रयास सिविल सर्विस के लिए कर चुका हूँ। तीनों प्रयासों में हर बार मेंस तक क्वालीफाई किया है। पता नहीं! इंटरव्यू में क्यों मार्क्स कम हो जाते हैं। मैं तो थक चुका हूँ। सरकार ने एक अवसर बढ़ा दिया है। बस एक बार और बैठूंगा, यदि हो गया तो ठीक, नहीं तो कोई बिज़नेस कर लूंगा।" मैथ्यू गंभीर होते हुए बोला।

“क्या, बिज़नेस! हँसी खेल समझा है क्या ?” इलबिन बोल पड़ी।

“नहीं यार, कोचिंग का बिज़नेस। उसके अलावा मैं किस लायक हूँ, देखना यदि बिज़नेस चल गया तो तुम्हें, मुँहमाँगा ऑफर दूँगा और फिर आने वाले वेलेन्टाइन-डे पर तुम्हारा हाथ तुम्हीं से जीवन भर के लिए माँग लूँगा। फिर हम दोनों, नये युवक-युवतियों को नये दौर की कठिनाइयों से निपटने के लिए तैयार करेंगे, जिससे उनके पास हर परिस्थिति से लड़ने की कूबत होगी तथा उन्हें मन-मरजी से सपनों की उड़ान भरने से कोई नहीं रोक पायेगा। चलो मैं तुम्हें घर छोड़ दूँ। अंकल आंटी से भी मिलना हो जायेगा।” पूरे आत्मविश्वास से मैथ्यू को अपने भाव व्यक्त करते हुए देख, इलबिन ने मौन स्वीकृत देते हुए कहा, “चलो चलें।”

बरसाती मेंढक

होली के बाद बोटानिकल गार्डन मेट्रो स्टेशन पर काफी देर से इंतजार कर रही भीड़, दूर से आती दिखी बस की तरफ बदहवास दौड़ पड़ी। राजन के पास ज्यादा सामान था। वह बड़े मुश्किल से बस में घुस सका, पर उसे सीट न मिल सकी। रात हो चुकी थी, पर वह नोएडा-ग्रेटर नोएडा की कानून व्यवस्था को देखते हुए बस में सुकून महसूस कर रहा था। पास की सीट पर दो और स्टूडेन्ट थे। उनके पास कोई लगेज़ नहीं था। उन्होंने राजन को एकोमोडेट करते हुए पूछा, "किस कॉलेज से हो ?"

उसने धीरे से कहा, "गलगोतिया और आप ?"

दोनों एक साथ बोल पड़े, "हम दोनों शारदा से हैं।"

थोड़ी सांस लेने के बाद राजन ने कहा, "थैंक यू यार। आप लोगों ने हमें एडजस्ट कर लिया। बड़ा थक गया था। पिछले दो घंटे से बस का इंतज़ार कर रहा हूँ। सामान ज्यादा था, इसलिए रुका रहा।"

थोड़ी राहत महसूस करने पर राजन बोला, "बाई दा वे आप लोगों की डेट सीट आ गई क्या ?" दोनों एक साथ बोल पड़े, "नो बट वी आर एक्सपेक्टिंग इट इन दिस वीक।"

"ऐसा लगता है, आप दोनों बाहर से हैं।"

"हाँ, वी आर फ्रॉम नार्थ ईस्ट, ये दोरजी है, और मैं रजत।"

"सुना है यू.पी.टी.यू. बहुत पहले डेटशीट पब्लिश कर देता है।"

"हाँ, पिछले सेमेस्टर में डेढ़ महीने पहले ही डेट्स आ गई थी। पर इस बार पता नहीं। सुना है, यू. पी. एसेम्बली की इलेक्शन डेट्स भी आने वाली हैं।"

"हाँ, पर अभी नोटिफिकेशन नहीं आया है।"

राजन ने कहा, "एक्जाम्स तक न आए तो अच्छा। एक तो साला आईपीएल का लॉन्ग लास्टिंग 20-20 क्रिकेट शिड्यूल, उस पर यह इलेक्शन, भगवान ही मालिक है इस बार।

"राजन, सुना है नोएडा में इलेक्शन कॉनवेसिंग कुछ ज्यादा ही होती है।"

राजन, "हाँ यार, मायावती का इलाका जो ठहरा। सबसे बुरा तो उन बरसाती मेंढ़कों की तरह अनकन्ट्रोल्ड वे में देर रात तक नेताओं के भाषण, उनकी रैलियों व लाउडस्पीकर का शोर, हॉरिवल।"

राजन तूने ठीक कहा। ये नेता बिलकुल बरसाती मेंढक जैसे ही होते हैं। एक ही फर्क है इनमें और मेंढकों में। नेताओं की सुप्तावस्था पूरे पाँच साल की होती है। वोट पाने के बाद पूरे पाँच साल तक दुबारा उनके दर्शन नहीं होते हैं।

बच्चों की बातें सुनकर पास में बैठे एक अधेड़ उम्र के व्यक्ति बोल उठे, "बेटा क्या तुलना की है तुम सबने! पर मेरी नजर में तो बरसाती मेंढक इन नेताओं से लाख दर्जे अच्छे होते हैं। मेंढक हमें मच्छर मलेरिया जैसे कीड़ों से, बीमारियों से निजात दिलाते हैं पर ये नेता, भ्रष्टाचार के ऐसे नए-नए दलदल दे जाते हैं जिसमें हम जैसे आम आदमी द्वारा चुकाए गए टैक्स से अर्जित सरकारी धन दफन होता जा रहा है और हम बद से बदतर होते जा रहे हैं।

सात बटे नौ की शादी

नवम्बर का महीना, जाड़े का मौसम शुरू हो चुका है। रातें बड़ी होने लगी हैं। किसान अपने फसलों की बुवाई में व्यस्त हैं। इसी कारण आज सुबह से ही गाँव में हलचल शुरू हो गई है। राजू (राजेन्द्र) भी अन्य किसानों की तरह अपने खेत तैयार करने में व्यस्त है। उसे भी समय से बुवाई कर यह काम समाप्त करना है परन्तु उस पर बुवाई के अतिरिक्त बेटी की शादी की जिम्मेदारी चढ़ी हुई है, जो लाख प्रयास करने पर भी पूरी नहीं हो पाई पिछले साल।

इसी बेटी के विवाह को लेकर सावित्री परेशान है। उसे कितने दिनों से डिठवन (देवोत्थानी एकादशी) का इंतजार था जो कल बीत गया। कहते हैं डिठवन तक देवता सोते हैं। उनके उठने पर ही शादी विवाह का काम शुरू होता है। आज सावित्री की आँख मुर्गा बोलने से पहले ही खुल गई है। वह बार- बार राज को उठाने की कोशिश कर रही है। पर राजू दिन भर खेतों में काम करके थका हुआ, अभी सोना चाहता है।

"उठो ऊषा के बापू उठो।"

"अरे क्या हुआ, क्यों उधम मचा रखी है।"

"उठो चलो, पूरब में लाली छा गयी है। चलो खेत तक घूम के आते हैं। मुझे नींद नहीं आ रही है।"

"कैसे आयेगी नींद सावित्री, मैं सब समझता हूँ। तुझे श्यामा की शादी की चिंता खाये जा रही है।"

राजू लम्बी सांसें लेते हुए बोला, "जिसकी बेटी जवान हो, उन माँ-बाप को नींद कैसे आ सकती है। अब तक तो देवता सोने का बहाना था वह भी कल खत्म हो गया है। अच्छा पानी ले आओ, थोड़ा कुल्ला कर लें, तब चलें।" राजू ने कहा।

दोनों गाँव के बाहर चांदनी रात में दूर तक चले जा रहे हैं। सावित्री राजू के साथ-साथ चलने की कोशिश करती है परन्तु पगडंडियों पर उसे चलना मुश्किल हो रहा है। थोड़ी देर में दोनों अपने खेत पर पहुँच कर मेढ़ पर बैठ गये।

सावित्री, बताओ क्या कह रही थी, मैं रास्ते में ठीक से नहीं सुन सका।

"मैं कह रही थी कि श्यामा की शादी के बारे में कुछ सोच रहे हैं कि नहीं ? यदि हम अभी से लड़के देखना नहीं शुरू करेंगे तो फिर यह सीजन भी निकल जायेगा।" सावित्री ने उत्तर दिया।

"अरे पगली मैं तुमसे अलग थोड़े ही हूँ। मेरा विचार भी यही है। तुम्हें तो पता है अपनी हैसियत, उसी के अनुसार रिश्ता तलाशना है। मैं तो छह बेटियों और एक बेटे की शादी कर पहले ही टूट चुका हूँ। भगवान ही कोई रास्ता निकालेंगे। श्यामा की बहनें थोड़ी पढ़-लिख गयी थीं तो आसान था रिश्ता तलाशना। पर श्यामा में सब अच्छाई होते हुए भी यह सबसे बड़ी कमी है। पता नहीं, हमसे कहाँ चूक हो गयी कि हम इस बेटी का ध्यान ठीक से न रख सके।" राजू ने सावित्री से कड़वी सच्चाई व्यक्त कर दी।

सावित्री की आंखें डबडबा आयीं। वह सम्हलते हुए बोली, "गलती मेरी है। मैं ही छोटे- बड़े बच्चों में इतना परेशान रहती थी कि श्यामा का सहारा लेना पड़ता था। वह भी पढ़ाई से जी चुराती थी। आप दिल छोटा न करो। बड़ी प्यारी है श्यामा। उसे कोई राजकुमार ही मिलेगा। बस आप पंडित जी से और अपने जीजियों (बहनों) से मिल आओ। सबसे रिश्ता बताने के लिए बोल दो। मैं भी श्यामा के मामा से बोलती हूँ।"

"अच्छा, चलो वापस चलें। जानवरों को चारा डालना है। आज खेत में बुवाई भी शुरू करनी है।" राजू ने बात काटते हुए बोला !

राजू कुछ दिन बुवाई में व्यस्त रहा। श्यामा की माँ भी पूरी तरह सहयोग दे रही थी। श्यामा घर के काम-काज तथा दोनों छोटी बहनों को स्कूल कालेज भेजने में व्यस्त रहती थी। देखते-देखते कार्तिक पूर्णिमा का मेला आ गया। गाँव के मेले में सभी रिश्तेदार तथा उनके परिवार मिल जाते थे। सावित्री ने इस मौके का फायदा उठाते हुए, अपने बड़ी व छोटी ननदों तथा अपने दोनों भाइयों से श्यामा के लिए रिश्ते बताने के लिए निवेदन कर दिया।

एक समय था जब सब लोग एक दूसरे की शादी-ब्याह में मदद करते थे पर आजकल व्यस्त समय तथा स्वार्थी जीवन शैली में सभी इससे बचते हैं। कौन पंगा ले, अच्छा रिश्ता निकला तो कोई बात नहीं। यदि बाद में रिश्ते में कोई परेशानी आई तो सारी तोहमत रिश्ता बताने वाले के सिर मढ़ दी जाती है। कभी-कभी तो उस व्यक्ति का मजाक तक उड़ाने लगते हैं। रिश्ता जोड़ने और उसे निभाने में बहुत अन्तर है।

मेले के बाद फसल आदि की बुवाई तो हो गई अब उसकी सिंचाई का काम शुरू हो गया। जाड़ा भी बढ़ गया। सब अपने-अपने में व्यस्त रहने लगे। कहीं से कोई बात आगे नहीं बढ़ रही थी। राजू के पास भी सम्पर्कों का अभाव था। खेती-किसानी 24x7 का काम, उस पर पैसों का अभाव, उसे हमेशा बाहर निकलकर रिश्ते तलाशने से रोकते रहते। सावित्री पूरे परिवार का भार, वह अपने परिवार की दैनिक जिम्मेदारियों से अभी जूझ ही रही थी कि बहू-बेटे की जिम्मेदारियां भी शुरू हो गयीं। बहू को बेटा हुआ था। परिवार में नई-खुशी भी पर सावित्री व राजू के मसले पीछे सरकने लगे थे।

देखते-देखते जाड़ा भी बीत गया। कहीं से कोई रिश्ता तय न हो सका। एक दो जगह, लड़के मिले पर, श्यामा की पढ़ाई को लेकर लोग टाल जाते थे। श्यामा की दोनों छोटी बहनें भी 18-20 साल की हो ली थीं। उनकी पढ़ाई-लिखाई की जिम्मेदारियां रा व सावित्री ने बखूबी निभाई थी। दोनों बहुत मेधावी थीं परन्तु उन दोनों का अच्छापन श्यामा की शादी में रोड़ा बनता जा रहा था। जब भी कहीं, शादी की बात चलती, लोग छोटी बहनों में ज्यादा उत्सुकता दिखाते। श्यामा यह सब महसूस करती थी। वह अंदर-अंदर टूटती रहती थी। उसका स्वभाव चिड़चिड़ा हो गया था। पर सावित्री कुछ न कर पा रही थी। स्थिति को देखते हुए सावित्री भी अंदर- अंदर घुटने लगी। उसकी तबियत खराब रहने लगी। ब्लड प्रेशर व शुगर की बीमारी शरीर में पनपने लगी। बस राजू सावित्री को समझाता, "तू चिन्ता मत कर जिसके रिश्ते मिल रहे हैं उन्हीं की शादी कर देते हैं। थोड़ी जिम्मेदारियां कम होंगी।" माँ बाप की बातें सुनकर श्यामा दुखी हो जाती लेकिन ठंडे मन से सोचने पर बापू का सुझाव अच्छा लगता।

श्यामा अब अपनी शादी की चिंता न कर बहनों की शादी के बारे में सोचने लगी। कभी-कभी वह झुंझला जाती तो माँ से बहस करने लगती। आज सुबह से ही वह दुखी है। शायद कल उसकी सहेलियों ने उसकी शादी को लेकर ताने मार दिए थे। श्यामा के कान में उनके ताने अभी भी गूंज रहे थे। श्यामा अब तेरा क्या होगा ? जतन कुछ कर ले। यह भाव उसके मन में गूँजता रहता। उसके चेहरे के भाव देख कर सावित्री ने प्यार से पूछा, "क्या हुआ बेटा, रात को ठीक से सोई नहीं ?"

◄ सात बटे नौ की शादी ►

"तुम लोगों के होते हुए कोई चैन से सो सकता है! एक तो इतने बच्चे कर लिए। अब सम्हाला भी नहीं जाता।" श्यामा गुस्से से बोली।

आज सावित्री को बहुत दुख हुआ। मारे दुख के वह कुछ न कह सकी। पर श्यामा के कड़वे बोल में सच्चाई भी थी। आज सावित्री को अपनी गलती का एहसास हो रहा है। दोनों बेटियों के बाद बेटा हुआ था। यदि वह वहीं रुक जाती तो ठीक था परन्तु उसके बाद भी इतनी बेटियां और कर लेना सबसे बड़ी भूल थी।

"ऊषा के बापू ने हर बार परिवार नियोजन की बात की पर मैं ही एक और बेटे की चाह में बोझ से दबती गई। जो कुछ होना था हो चुका। अब सम्हालने में सावित्री की ही समझदारी है।" कहते हुए, बुदबुदाने लगी।

आज उसने सारे काम-धाम छोड़कर, श्यामा को चुप कराते हुए अपने से चिपका लिया। अपनी साड़ी के पल्लू से उसके आंसुओं को पोंछते हुए बोली, "तू तो मेरे घर की राजकुमारी है। तू चिंता मत कर, तुझे सबसे सुन्दर घर-वर मिलेगा। सब देखते रह जायेंगे।" श्यामा का गुस्सा कुछ कम हुआ।

समय बीतता गया। पर सावित्री ने इस दिन के बाद, अपनी श्यामा को कभी अकेले नहीं छोड़ा। सदा अपने कलेजे के पास रखती। रात में उसे अपने पास सुलाती। जब भी मौका मिलता उसे लाड़ करती और उसकी झप्पियां भरती।

देखते-देखते अगली दीवाली आ गयी। दीवाली के बाद होली आ चुकी है पर घर में कहीं से कोई अच्छी (रिश्ते की) खबर नहीं आई। बेटी की शादी माँ-बाप की ही जिम्मेदारी होती है। उन्हें ही इस भार को समय से उतारना होता है। आज सावित्री बहुत दुखी है। किसी काम में मन नहीं लग रहा है। बिस्तर से उठने का मन नहीं कर रहा है। श्यामा की दोनों छोटी बहनें कॉलेज जा चुकी हैं। श्यामा घर के काम-काज निपटा रही है पर माँ के न उठने से दुखी है। बर्तन का काम बीच में ही छोड़ माँ के पास जाकर उसे झकझोरते हुए बोली, "क्या हुआ अम्मा? तुम ठीक तो हो?"

सावित्री ने कोई प्रतिक्रिया नहीं दी।

श्यामा ने जबरदस्त तरीके से सावित्री को पीठ के बल करते हुए बोली "ये क्या अम्मा! तू रो रही है। क्या हुआ, कुछ तो बोल!"

"कुछ नहीं, बिटिया।"

"कुछ कैसे नहीं ?"

"तू ठहर, मैं बापू को बुलाकर लाती हूँ।"

"मत जा रुक तो सही" कहते हुए सावित्री ने श्यामा का हाथ पकड़ लिया। पर श्यामा न रुकी। "बापू-बापू" कह आवाज देने लगी।

राजू बाहर जानवरों का दूध निकालने में व्यस्त था। श्यामा की आवाज सुन घबरा गया और बोला, "क्या हुआ श्यामा ?"

"'चलो, घर चलो। सुबह से अम्मा रोये जा रही है। अभी तक चाय-पानी भी नहीं पिया है।"

श्यामा के ऐसा कहने पर राजू दूध की बाल्टी वहीं छोड़ कर दौड़ता हुआ घर आया और सावित्री से बोला," क्या हुआ सावित्री ?"

"हुआ क्या, आप नहीं जानते, होली भी बीत गई कल। हमारी बच्चियों का रिश्ता कब मिलेगा ?" श्यामा ने सन्ध्या व रजनी की शादी कराने के लिए कब की हाँ कर दी है पर आप हाथ पर हाथ रखके बैठे हुए हैं। कब करेंगे शादी ? मेरे जीते जी हो पायेगा कि मेरे मरने के बाद करने को सोच रखा है कन्यादान" चीख मारकर रोते हुए बोली।

ऐसा क्रोध सावित्री में राजू व श्यामा ने कभी नहीं देखा था। यह अंदर तक सिहर गया। सावित्री को पलंग से उठाते हुए सीने से लगा लिया और बोला, "अभी भी चार महीने हैं, इस सीजन में। जिसकी भी बात बनेगी, रिश्ता करने का प्रयत्न करूँगा। आज से अब यही काम सबसे ऊपर होगा।"

राजू-सावित्री ने आपस में किये वादे के अनुसार श्यामा की बहन संध्या की शादी तय कर दी। जून में शादी थी पर घर में काम की सबसे बड़ी जिम्मेदारी श्यामा ने उठा रखी थी। शादी सम्पन्न हुई। विदाई के समय चुहल बाजियां हो रही थीं पर श्यामा व संध्या एक दूसरे के गले में लिपटी फूट-फूट कर रोये जा रही थीं। संध्या को लग रहा था जैसे उसने श्यामा की कीमती वस्तु चोरी कर ली हो। ससुराल के रास्ते भर वह अपने को रोक नहीं पाई। उसका रोना सुमित को दुखी किये जा रहा था।

"आप क्यों रो रही हैं ? ऐसा क्या हो गया ? सभी ससुराल जाते हैं। मेरे से, तो कोई गलती नहीं हो गई ?" इतना सुनते ही संध्या ने उसके मुँह पर हाथ रख कर कहा, "मैं श्यामा दीदी के लिए के लिए रो रही हूँ। मुझे उन्हें डोली में विदा करना था पर उन्होंने मुझे डोली में बिठा दिया। माँ-बापू की यह जिम्मेदारी आप कम करायेंगे, मुझसे वादा कीजिए। करो, नहीं तो मैं चुप न हो पाऊँगी।"

"तुम चुप हो जाओ, मैं पूरा प्रयत्न करूँगा।" सुमित ने बड़े प्यार से कहा।

विदाई के बाद सब मेहमान जाने लगे। श्यामा माँ के साथ मिलकर सबको भेजने लगी। श्यामा की बुआ से न रहा गया। वह बोल पड़ी, "सावित्री भाभी, आप कितनी निष्ठुर हो। बड़ी बेटी को छोड़ छोटी की शादी कर दी आपने। अब प्रयत्न कर जितनी जल्दी हो, इस गलती को सुधार लेना। नहीं तो भगवान तुम्हें कभी माफ नहीं करेगा।"

"हाँ दीदी, आप लोगों के आशीर्वाद और भगवान की कृपा होगी तो मेरी श्यामा को सबसे सुन्दर राजकुमार मिलेगा। आप चिंता न करो।" सावित्री ने बड़े संयत स्वर में जवाब दिया।

श्यामा के चेहरे पर थोड़ी मुस्कराहट दिखाई दी पर वह ज्यादा दिन तक टिक न सकी। रजनी भी तो सबसे छोटी पर देखने में' सबसे लम्बी, सुन्दर तथा तंदुरुस्त थी। उसे देखने से श्यामा छोटी, रजनी बड़ी लगती थी। रजनी व्यक्तित्व के साथ शिक्षा, पढ़ाई-लिखाई में भी श्रेष्ठ थी। वह बी.कॉम. की छात्रा थी। उसकी सुन्दरता व पढ़ाई को देखते हुए राजू व सावित्री उसकी तरफ से निश्चिंत थे कि इसकी शादी में कोई समस्या न होगी। समय बीतने लगा।

इस वर्ष रजनी एम. बी. ए. के अंतिम वर्ष में है। कालेज में कम्पनियां Placement के लिए आने लगीं हैं। रजनी भी अपने प्लेसमेन्ट को लेकर काफी उत्सुक है। राजेश, जो रजनी का सहपाठी है, पढ़ने में बहुत अच्छा है। दोनों में एक दूसरे के प्रति अच्छी आपसी समझ थी। दोनों का आई सी आई सी आई बैंक में सहायक मैनेजर के लिए Placement हो गया। दोनों बहुत खुश थे। प्लेसमेंट का रिजल्ट देख बाहर निकलते हुए राजेश ने रजनी को शादी के लिए प्रपोज कर दिया। रजनी शर्मा गई और बोली, "मैं कुछ नहीं कह सकती। मेरे मम्मी-पापा ही निर्णय लेंगे। वैसे अभी मेरी बड़ी बहिन की शादी बाकी है।"

राजेश स्थिति सम्हालते हुए बोला, "चलो कोई बात नहीं। आप सोच लो। फिर बात करेंगे।" यह कहते हुए राजेश ने विदा ली।

राजेश व रजनी के घर पर खुशियों का माहौल था। श्यामा भी बहुत खुश थी। अपनी छोटी बहन को चिढ़ाये जा रही थी, "अब तो तेरी नौकरी भी लग गई है। कोई कॉलेज में अच्छा लड़का हो तो बता। बापू को बता दूँगी। चल मेरी तो जो हुई सो हुई, तेरी शादी समय से हो जाए तो अच्छा रहेगा।"

श्यामा की बात सुनकर रजनी के आँखों में आंसू आ गये। "मेरी बहन तू किस मिट्टी की बनी है। तुझे अपने को छोड़, बाकी सब की चिंता है। अबकी बार कोई बाई पास नहीं, पहले मेरी श्यामा दीदी की शादी कराऊँगी फिर अपनी सोचूँगी।" रजनी ने बड़ी दृढ़ता और प्यार से कहा।

श्यामा बात पलटते हुए बोली, "चल घर चल, बापू व अम्मा इंतजार कर रही रहे होंगे।"

राजेश रजनी से इतना प्रभावित था कि उसे आपसी प्यार कहना ही उचित होगा। उसे उस रात नींद नहीं आयी। वह पूरी रात ख्याली पुलाव बनाता रहा। सुबह अपनी माँ से लिपट कर बोला, "माँ मेरी क्लास की एक लड़की है। उसका placement भी मेरे साथ हुआ है। सब तरह से अच्छी है। देखो यदि ठीक समझो तो मैं उससे शादी करना चाहता हूँ। अपने इलाके की है।

शाम को राजेश की मम्मी ने उनके पापा से बात की। वह लड़की देखने को राजी हो गये। अब क्या था। समय देखकर अगले रविवार वह रजनी के घर पहुँच गये। राजेश के मम्मी-पापा को देख रजनी बड़े आश्चर्य में थी। पर राजेश के इशारे से वह सब माजरा समझ गयी। उसने अपने बापू व अम्मा से राजेश के मम्मी-पापा का परिचय कराया। दोनों ने बड़ी आत्मीयता से उनका स्वागत किया। चाय पीते-पीते राजेश के मम्मी-पापा ने रजनी का हाथ अपने बेटे के लिए माँगा। राज व सावित्री हतप्रभ रह गये। भगवान की कृपा देखो, घर बैठे रिश्ता आ गया।

राजेश के पिता ने बात बढ़ाते हुए बोला, "राजेन्द्र जी भगवान का दिया हुआ, मेरे पास सब कुछ है। दोनों बच्चों का Placement हो चुका है। दोनों MBA हैं। यदि शादी हो जाती तो हम सब के लिए अत्यन्त खुशी की बात होगी।

राजू ने हाथ जोड़ कर समय माँगते हुए उन्हें विदा किया।

शाम को सभी मिले। राजू ने श्यामा को सारी बात बताई। श्यामा के भैया व भाभी ने सुना। श्यामा ने बिना समय गँवाये बोला, "बापू इससे अच्छा क्या हो सकता है। आप चिंता न करो। मैं रजनी से बात करूँगी। रात को दोनों बहनें देर तक बात करती रहीं। रजनी आज बहुत खुश थी। वह अपने कॉलेज की एक-एक बात श्यामा को बता रही थी। बात-बात में राजेश का जिक्र भी रजनी ने श्यामा से कर दिया। श्यामा तो इसी पल के इंतजार में थी। उसने दिन की सारी बात उसे बताई।

राजेश के माँ बाप तेरा रिश्ता माँगने आये थे। मुझे तो यह रिश्ता अच्छा लगा। तेरा क्या विचार है" श्यामा ने पूछा।

दीदी आपको क्या पता है, क्या कह रही हो। आपकी शादी से पहले मैं कतई शादी नहीं कर सकती। माँ-बापू अभी संध्या की शादी में हुए खर्च की भरपाई नहीं कर पाये हैं। इतनी जल्दी एक और शादी और वह भी तुमसे पहले नामुमकिन है। मेरे से न होगा।" रजनी ने कहा।

◄ सात बटे नौ की शादी ►

"रजनी, हम सब की शादी समय पर हो, यह माँ-बापू की सबसे बड़ी जिम्मेदारी है। मेरा रिश्ता न मिलने की वजह से देरी हुई है, पर तुम्हारी शादी में क्यों देर की जाये। तू मेरी चिंता न कर। माँ-बापू की सोच।" श्यामा ने उसे प्यार से समझाते हुए कहा। "रिश्ता अच्छा है, हाँ कर देना। जहाँ तक खर्चे पानी की बात है, उन्हें कुछ नहीं चाहिए। बहन उन्हें तो बस तुम चाहिए।" उसे गले लगाते हुए कहा। वह यहाँ न रुकी और शरमाते हुए बोली, "मैं पूरी तरह से आश्वस्त हूँ कि मेरी बहन व जीजा जी मेरे लिए सुन्दर सा दूल्हा अवश्य ढूंढेंगे। तू समझ रही है न।"

सुबह होते ही श्यामा ने माँ को सब बात बताई। सुबह की चाय पर बात हुई। सभी का विचार व राय को देखते हुए रजनी ने 'हाँ' कर दी। सावित्री व राजू ने स्वयं राजेश के घर जाकर रिश्ते को स्वीकृति दी। दोनों परिवारों में लड्डू बाँटे गये।

शादियों का अगला सीजन आया। दिसम्बर में राजू के नौवीं बेटी की शादी बड़ी धूमधाम से सम्पन्न हुई। सभी खुश थे। श्यामा को आज अकेलापन महसूस हुआ पर अच्छे रिश्ते व बहन की खुशी के सामने उसे यह अकेलापन व अपनी शादी न होना, बहुत छोटे लगे। वह अपने बारे में, माँ बाप के बारे में ज्यादा सोच रही थी। नौ लड़कियों वाले माँ-बाप द्वारा अपनी जिम्मेदारी सम्पन्न हो रही थी। उसे माँ की आँखों में आंसू की जगह खुशियां नजर आ रही थीं।

माँ ने आज श्यामा को गले लगा कर कहा, "बेटी तू धन्य है, हम दोनों बड़े भाग्यशाली हैं जो भगवान ने तुझ जैसी बेटी मुझे दी। आज मेरे मन में प्रबल विश्वास जगा है कि अगले साल हम दोनों तेरा कन्यादान, अच्छे घर-बार में अवश्य करेंगे और मेरी श्यामा, राजकुमारी के रूप में अपने राज कुमार से मिलेगी।"

अपनी माँ के अंतर्मन के उद्गार सुन वह सावित्री से लिपट कर रोने लगी। सावित्री ने उसे नहीं रोका शायद वह चाहती थी कि श्यामा के मन की पीड़ा आँसुओं के रूप में बह जाए।

रजनी व संध्या के विवाह के उपरान्त, राजू के नये सम्बन्धी बने। नये संबंध बने। नया सर्किल विकसित हुआ। होली में राजेश के पिता आये थे। राजू-सावित्री ने बड़ी आवभगत के साथ सत्कार किया। श्यामा ने उनके आवास, खान पान आदि की उत्तम व्यवस्था की।

सुबह राजेश के पिता ने बात छेड़ी कि राजेन्द्र जी, आपकी बेटी श्यामा इतनी सुशील व गुणवती है। इसका रिश्ता क्यों नहीं कर रहे हैं।

राजू ने सभी बात बताई। बात करते-करते राजू की आँखें भर आयीं। मेरी बेटी हजारों में एक है परन्तु भगवान न जाने क्यों मेरी परीक्षा ले रहा है।

भाई साहब, आपकी नजर में कोई रिश्ता हो तो बताना।

आप चिंता न करें, समझो भगवान ने आपकी सुन ली। यदि आप उचित समझें, तो आप श्यामा का हाथ मेरे भान्जे के लिए दे सकते हैं। मेरी बहन अत्यन्त सुशील व जीजा जी बड़े स्तर के कृषक हैं। उन्हें अपने बेटे के लिए एक घरेलू लड़की चाहिए। श्यामा हर तरह से उनके लिए उत्तम है। यदि कहो तो मैं अपनी बहन से बात चलाऊँ।

"नेकी और पूछ-पूछ। आप अवश्य बात करें। ये हम दोनों पर बड़ा उपकार होगा।"

श्यामा झरोखे से सब बातें सुन रही थी। उसका मन खुशी से नाच रहा था। दो दिनों के बाद राजेश का फोन आया कि श्यामा दीदी की शादी के लिए बुआ-फूफा ने हाँ कर दिया है। अगले रविवार को वे लोग आप सबका इंतजार करेंगे। मैं व रजनी भी वहीं होंगे। बड़ी धूम-धाम से श्यामा दीदी की शादी मेरे कजिन कृष्ण से होगी।

राजू व सावित्री नियत समय पर लड़के वालों से मिले। दोनों परिवारों ने रिश्ते को हाँ किया। सारी तैयारी शुरू हुई जिनमें कार्ड से लेकर हॉल बुक करने का काम रजनी व राजेश के सहयोग से हुआ।

राजू व उनका पोता अनुज दोनों कार्ड बाँटने के लिए सभी रिश्तेदारों के यहाँ स्वयं गये। सभी लोग खुश थे कि श्यामा को इतना अच्छा परिवार व रिश्ता मिला है। इतने सम्पन्न तथा सभ्य घराने में शादी हो रही है श्यामा की। भगवान ने इस बिटिया को उसके त्याग का उचित पारितोषिक दिया है। दादा-पोते जहाँ-जहाँ जाते, लोग यही पूछते कि राजू भाई ये शादी कौन से, नम्बर वाली बेटी की है। अनुज सुन-सुनकर परेशान हो जाता। उसे बार-बार श्यामा बुआ का नाम बोलना पड़ता। पर लोगों को श्यामा नाम में कम, वह कौन से नम्बर को लड़की है इसमें ज्यादा दिलचस्पी थी।

जब दोनों श्यामा की बुआ के घर पहुँचे कार्ड देने, बुआ जी ने भी यही प्रश्न किया कि, रामू ये कौन से नम्बर की लड़की है ?

इतना सुनते ही अनुज तपाक से बोला- "दादी ये मेरी 'सात बटे नौ वाली बुआ' जी की शादी है। सारे हँस-हँस के लोट-पोट हो रहे थे।

शादी की बेला आयी, श्यामा व कृष्ण की जोड़ी देखते ही बनती थी। श्यामा की आठ बहनें उसे जब चाँदनी के नीचे सजाकर जयमाल कार्यक्रम हेतु स्टेज पर ले जा रही थीं तो सारे रिश्तेदार बोल रहे थे, "अरे देखो तो, सात बटे नौ की जोड़ी कितनी सुन्दर है। अनुज चारों तरफ

उछल-कूद करते हुए मस्ती में कह रहा है कि देखो मेरी 'सात बटे नौ' वाली बुआ की शादी। आप नहीं समझे, अरे मेरी 'श्यामा' बुआ की शादी।

*****